ZHONGGUO GUDAI CHAWENXUE

复旦卓越·应用型教材

ZUOPIN XUANDU

中国古代茶文学作品选读

主　编／叶国盛

参　编／蔡少辉　程　曦　王

复旦大學出版社

序 Forword

茶，性恬淡清雅，止渴生津，提神益思，是中国人最早发现和利用以表达人类精神寄托的重要物质载体之一。以其作为载体，表达人与人、人与自然之间各种思想情感的文化形态，称之为茶文化。茶文学是茶文化的重要组成部分，包括诗歌、戏剧、小说故事等。古往今来，文人墨客多嗜茶，并予以热情歌颂。唐人卢仝《走笔谢孟谏议寄新茶》将饮茶感受的全过程从“喉吻润”到“两腋习习清风生”生动形象地吟诵出来，传颂至今，成为茶诗中脍炙人口的千古绝唱。刘松年的《撵茶图》、唐寅的《事茗图》、赵孟頫的《斗茶图》、文徵明的《品茶图》等以茶为题材的名画流传至今，不仅是国画艺术之珍品，也是研究中国茶文化的宝贵史料。

由武夷学院叶国盛老师牵头主编的《中国古代茶文学作品选读》，内容丰富、文字简洁，为大家提供了一个了解中国茶文学的好读本。本书择选经典的茶文学作品，都有翔实的注释；还精选茶画穿插全书，茶画中的人、器、景及意境，体现了内涵深沉的茶文化精髓。相信此书的出版，能推动中国茶文学的教学与研究。同时，广大茶学学子与茶叶爱好者能从书中汲取丰富的茶文化营养。

受作者厚爱，为本书作序，谨以只言片语，聊以补缺也。

劉勤晉

2019 年 12 月于山城北碚

前言 Preface

品茶是古代文士生活的一部分，是他们涤昏、清神、修养的方式。逸僧、隐士更视饮茶为参禅、悟道的法门。他们创作的茶文学作品，是茶文化的载体、茶叶历史流动的见证，也是个人与茶互动的结晶。因此，对这些作品的解读与赏析，既有助于了解深厚而灿烂的茶文化以及悠久的茶史，又可以涵养对茶的敏锐感知。这也是"中国茶文学"课程教学的初衷。此门课是为茶学专业高年级开设的，也供其他专业爱好茶文化的学生选修，是茶文化方向的重要课程之一。

教材的编写以朝代为纲，又以作者生年为序，遴选经典的茶文学作品，并注释疑难、重要的字词。其中作者生卒年不详者统一置后编排。作品原文以《全唐诗》《全宋诗》《全宋词》以及各作者文集的文渊阁《四库全书》本、最新整理校注本等为准，异文不出注，择善而从。另外，还择取了历代茶书中文学色彩浓重的段落和经典茶画，一并介绍。

教材由武夷学院茶与食品学院叶国盛、程曦、王丽，厦门大学人文学院博士生蔡少辉和扬州大学文学院张琪博士共同编写，最后由叶国盛统稿。具体分工如下：第一章、第二章由叶国盛编写；第三章由叶国盛、张琪、程曦编写；第四章、第五章由蔡少辉、程曦编写；第六章由蔡少辉、王丽、叶国盛编写。承蒙西南大学刘勤晋教授审稿，提出诸多宝贵意见，并赐序言，不胜感荷。

中国古代茶文学作品浩瀚，教材所选者并不具"管中窥豹"之功；所做的释读如有不妥、不尽之处，请读者随时指教。

编　者

2019 年 12 月于武夷学院

目 录 Contents

第六章 清代茶文学 / 118

第一章　两汉魏晋南北朝茶文学

两汉魏晋南北朝时期是茶文化的酝酿和萌芽期。起源于巴蜀的饮茶风俗，经两汉、三国、两晋、南北朝，逐渐向中原广大地区传播，并由上层社会向民间发展。西汉王褒《僮约》"武阳买荼"(编者按：荼，古作"荼")的记载，说明当时茶叶已经是集市上的商品。彼时纯粹意义上的饮茶，即仅仅将茶当作饮料来饮用已经相当普遍。然在饮用方式上仍沿袭羹饮法。《广雅》云："荆、巴间采叶作饼，叶老者，饼成，以米膏出之。欲煮茗饮，先炙令赤色，捣末置瓷器中，以汤浇覆之，用葱、姜、橘子芼之。其饮醒酒，令人不眠。"同时，茶在社会生活中的功用逐渐丰富，在人际交往、祭祀活动中都离不开茶，客来敬茶也逐渐成为一种普遍的礼俗，遂有"以茶代酒"、陆纳"素业"之故事。茶开始进入文学创作领域，左思、孙楚、张载、杜育等撰有茶文学作品，写茶之饮、咏茶之芳。特别是杜育《荈赋》，描述了茶之生长环境、采摘、烹煮、饮用等内容，是了解当时茶文化的重要资料。

左　思

左思(约 250—约 305)，西晋文学家，齐国临淄(今山东淄博)人，字太冲。博学，兼善阴阳之术。作《三都赋》构思十年，偶得一句，即便疏之。赋成，张华誉为班、张之流，豪贵之家竞相传写，洛阳为之纸贵。后人辑有《左太冲集》。

娇女诗

吾家有娇女，皎皎颇白皙。小字为纨素，口齿自清历①。鬓发覆广额，双耳似连璧。明朝弄梳台，黛眉类扫迹②。浓朱衍丹唇，黄吻澜漫赤③。娇语若连琐④，忿速乃明慬⑤。握笔利彤管⑥，篆刻未期益。执书爱绨素，诵习矜所获。其姊字惠芳，面目灿如画。轻妆喜楼边，临镜忘纺绩。举觯拟京兆⑦，立的成复易⑧。玩弄眉颊间，剧兼机杼役。从容好赵舞⑨，延袖象飞翮⑩。上下弦柱际⑪，文史辄卷襞⑫。顾眄屏风画⑬，如见已指擿⑭。丹青日尘暗，明义为隐赜⑮。驰骛翔园林，果下皆生摘。红葩掇紫蒂，萍实骤抵掷⑯。贪华风雨中，倏忽数百适。务蹑霜雪戏，重綦常累积⑰。并心注肴馔，端坐理盘槅⑱。翰墨戢函案，相与数离逖⑲。动为炉钲屈，屣履任之适⑳。心为茶荈剧，吹嘘对鼎䥶㉑。脂腻漫白袖，烟薰染阿锡㉒。衣被皆重池，难与沉水碧。任其孺子意，羞受长者责。瞥闻当与杖，掩泪俱向壁。

①清历：分明，清楚。 ②扫迹：扫帚扫过的痕迹。 ③澜漫：形容色彩浓厚鲜明。 ④连琐：玉制小连环，动则声音清澈而细碎。 ⑤忿速：忿怒急躁。明𢤱（huà）：急躁，易怒。 ⑥彤管：杆身漆朱的笔。 ⑦京兆：指汉宣帝时京兆尹张敞，曾为妻子画眉。 ⑧的：古代女子用朱色点在面部的妆饰。 ⑨赵舞：相传古代赵国女子善舞，后因以指美妙的舞蹈。 ⑩飞翮（hé）：飞鸟。 ⑪弦柱：谓乐器绾丝之柱。 ⑫卷襞（bì）：卷束折叠。 ⑬顾眄：回头看。 ⑭指擿（tī）：挑出缺点错误。 ⑮赜（zé）：深奥难见。 ⑯萍实：甘美的水果。抵掷：投掷。 ⑰綦（qí）：脚印。 ⑱槅（gé）：古代一种盛食物的器具。 ⑲离逖（tì）：远远离开；使远去。 ⑳屣履：拖着鞋子走路。多形容急忙的样子。 ㉑鼎䥶（lì）：煮茶器。 ㉒阿锡：精致的丝织品和细布。

孙 楚

孙楚（约 218—293），西晋文学家，太原中都（今山西平遥）人，字子荆。富文才，能诗赋。明人辑有《孙冯翊集》。

出 歌

茱萸出芳树颠①。鲤鱼出洛水泉②。白盐出河东③。美豉出鲁渊④。姜桂茶荈出巴蜀。椒橘木兰出高山⑤。蓼苏出沟渠⑥。精稗出中田⑦。

①茱萸：植物名。生于川谷，其味香烈。古代风俗，阴历九月九日重阳节佩戴茱萸祛邪避灾。 ②洛水：洛河。 ③河东：山西省境内黄河以东的地区。 ④鲁：春秋诸侯国名。这里指今山东省泰山以南的汶、泗、沂、沭水流域。 ⑤木兰：香草名。 ⑥蓼：植物名。古人用为调味品，可入药。苏：即紫苏，茎叶及果皆入药。 ⑦精稗（bài）：精米。

张　载

张载，西晋文学家，安平（今河北安平）人，字孟阳，与弟张协、张亢俱以文学著名，时称“三张”。博学善属文，有《榷论》《濛汜赋》等。

登成都白菟楼诗

重城结曲阿①，飞宇起层楼。累栋出云表，峣檗临太虚②。高轩启朱扉，回望畅八隅。西瞻岷山岭，嵯峨似荆巫③。蹲鸱蔽地生④，原隰殖嘉蔬⑤。虽遇尧汤世，民食恒有余。郁郁小城中，岌岌百族居。街术纷绮错⑥，高甍夹长衢⑦。借问杨子宅⑧，想见长卿庐⑨。程卓累千金⑩，骄侈拟五侯。门有连骑客，翠带腰吴钩。鼎食随时进，百和妙且殊。披林采秋橘，临江钓春鱼。黑子过龙醢⑪，果馔逾蟹蝑⑫。芳茶冠六清⑬，溢味播九区。人生苟安乐，兹土聊可娱。

①曲阿：屋的曲角。　②峣檗（niè）：峣，高的样子。檗，一种落叶乔木。峣檗，高大的檗树。　③嵯峨：山高峻貌。荆巫：荆山与巫山。　④蹲鸱（dūn chī）：大芋。因状如蹲伏的鸱，故称。　⑤原隰（xí）：广平与低湿之地。　⑥街术：街道。　⑦甍：屋脊。　⑧杨子：指西汉扬雄。　⑨长卿：汉辞赋家司马相如的字。　⑩程卓：指汉代程郑与卓王孙两大富豪之家。此句言程、卓两家的财富，可比得上王侯。　⑪黑子过龙醢（hǎi）：黑子，未详。醢，肉酱。龙醢，比喻极美的食物。　⑫蟹蝑（xū）：蟹酱。蝑，应作“胥”，《说文》：“胥，蟹醢也。”　⑬六清：“凡王之馈，食用六谷，膳用六牲，饮用六清，羞用百有二十品，珍用八物，酱用百有二十瓮。”（《周礼·天官·膳夫》）六清，六种饮料，即《天官·浆人》之“六饮”：水、浆、醴、凉、医、酏。

杜　育

杜育（?—约 316），襄城邓陵（今河南襄城）人，字方叔。幼岐嶷，号“神童”。既长，美风姿，有才藻，时人号曰“杜圣”。惠帝时，附于贾谧，为“二十四友”之一。

荈　赋

灵山惟岳，奇产所钟。瞻彼卷阿①，实曰夕阳。厥生荈草，弥谷被岗。承丰壤之滋润，受甘霖之霄降。月惟初秋，农工少休；结偶同旅，是采是求。水则岷方之注，挹彼清流[②]。器泽陶简，出自东隅。酌之以匏，取式公刘[③]。惟兹初成，沫沉华浮。焕如积雪，晔若春敷。若乃淳染真辰，色殨青霜[④]，□□□□[⑤]，白黄若虚。调神和内，倦解慵除。

①卷阿：指蜿蜒的山陵。 ②挹：舀。 ③公刘：古代周族的领袖。传为后稷的曾孙。他迁徙豳地（今陕西旬邑）定居，不贪享受，致力于发展农业生产。后用为仁君的典实。《诗·大雅·公刘》："执豕于牢，酌之用匏。食之饮之，君之宗之。" ④殨(zì)：疑同"渍"，染，沾染。 ⑤本文残缺不全，此赋乃后人辑录而成，非完整篇章。

第二章　唐代茶文学

唐代，饮茶风气已逐渐遍及全国。封演《封氏闻见记》："茶，早采者为茶，晚采者为茗。《本草》云：'止渴，令人不眠。'南人好饮之，北人初不多饮。开元中，泰山灵岩寺有降魔师大兴禅教，学禅务于不寐，又不夕食，皆许其饮茶，人自怀挟，到处煮饮，从此转相仿效，遂成风俗。自邹、齐、沧、棣，渐至京邑，城市多开店铺，煎茶卖之，不问道俗，投钱取饮。其茶自江淮而来，舟车相继，所在山积，色额甚多。"唐代茶文化的兴盛，也得益于陆羽的推崇，"自从陆羽生人间，人间相学事春茶"，"天下益知饮茶矣"。他创"陆氏茶"，规定煮茶之仪轨，在众多方面开示了后世茶道。重要的是，《茶经》云："茶之为饮，味至寒，为饮，最宜精行俭德之人。"饮茶已超脱了简单的解渴去困之用，而上升到个人品格的修养。而在文人雅士争相讴歌茶事的作品中，抒写面向也颇为丰富。写茶品，"曝成仙人掌，似拍洪崖肩"；写茶器，"圆似月魂堕，轻如云魄起"；写煎茶之美，"铫煎黄蕊色，碗转曲尘花"；写饮茶之感，"一饮涤昏寐，情来朗爽满天地。再饮清我神，忽如飞雨洒轻尘。三饮便得道，何须苦心破烦恼"，云云。从这些茶文学作品中，可以窥见文人对茶的喜爱，认为茶"洁性不可污，为饮涤尘烦"，又以茶寄情，体悟人生哲理。

李　白

李白（701—762），字太白，祖籍陇西成纪（今甘肃静宁），隋末其先人流寓西域碎叶，他即于此出生。幼时随父迁居绵州昌隆（今四川江油）。少有逸才，志气宏放，飘然有超世之心。喜纵横术，击剑任侠，轻财重施。天宝初入长安，待诏翰林。以蔑视权贵，遭谗斥逐，乃浪迹江湖，纵情诗酒。后坐永王李璘叛乱事，长流夜郎，遇赦返归，死于宣城。时人贺知章称其为"谪仙人"。有《李太白集》。

答族侄僧中孚赠玉泉仙人掌茶

常闻玉泉山①，山洞多乳窟②。仙鼠如白鸦，倒悬清溪月。茗生此中石，玉泉流不歇。根柯洒芳津，采服润肌骨。丛老卷绿叶，枝枝相接连。曝成仙人掌，似拍洪崖肩③。举世未见之，其名定谁传。宗英乃禅伯④，投赠有佳篇。清镜烛无盐⑤，顾惭西子妍。朝坐有余兴，长吟播诸天。

①玉泉山：在湖北当阳县西。山有乳窟，玉泉交流其中。山下有玉泉寺。 ②乳窟：石钟乳丛生的洞穴。 ③洪崖：传说中远古时仙人。 ④宗英：族中杰出的人。禅伯：对有道僧人的尊称。 ⑤无盐：亦称“无盐女”，即战国时齐宣王后钟离春，为人有德而貌丑。后常用为丑女的代称。

颜真卿

颜真卿(708—784)，京兆万年(今陕西西安)人，字清臣。开元进士。工书法，初学褚遂良，后从张旭，创为“颜体”。有集及《韵海镜源》等，均佚，宋人辑有《颜鲁公集》。

五言月夜啜茶联句①

泛花邀坐客②，代饮引情言(士修)。醒酒宜华席，留僧想独园(荐)③。不须攀月桂，何假树庭萱(萼)。御史秋风劲，尚书北斗尊(万)。流华净肌骨，疏瀹涤心原(真卿)④。不似春醪醉⑤，何辞绿菽繁(昼)。素瓷传静夜，芳气满闲轩(士修)。

①联句：作诗方式之一。由两人或多人各成一句或几句，合而成篇。诗中“士修”指陆士修，“荐”指张荐，“萼”指李萼，“万”指崔万，“真卿”指颜真卿，“昼”指皎然。 ②泛花：煎茶汤花。 ③独园：佛教语，泛指寺院。 ④疏瀹：烹茗。 ⑤春醪：春酒。

钱　起

钱起(约720—约782)，吴兴(今浙江湖州)人，字仲文。“大历十才子”之一。诗与郎士元齐名，时称：“前有沈、宋，后有钱、郎。”玄宗天宝九载(750)进士。所作《省试湘灵鼓瑟》诗末二句“曲终人不见，江上数峰青”，为世传诵。

与赵莒茶宴

竹下忘言对紫茶[①],全胜羽客醉流霞[②]。尘心洗尽兴难尽[③],一树蝉声片影斜。

①竹下忘言:指不借语言为媒介而相知于心的友谊。《晋书·山涛传》:“后遇阮籍,便为竹林之交,著忘言之契。” ②全胜:远远胜过。羽客:指神仙或方士。流霞:仙酒。 ③尘心:指凡俗之心,名利之念。

无 住

无住(714—774),凤翔郿县(今陕西眉县)人,唐代高僧。俗姓李,法名无住。师从无相禅师,创保唐寺系禅法。其禅法以无妄为宗,起心即妄,不起即真,但贵无心而为妙极。

茶 偈[①]

幽谷生灵草,堪为入道媒。樵人采其叶,美味入流杯。静虚澄虚识[②],明心照会台[③]。不劳人气力,直耸法门开[④]。

①偈(jì):梵语“颂”,即佛经中的唱词。 ②静虚:清净无欲。虚识:不真确的认识。③明心:心思清明纯正。会台:如明镜台,指本心。神秀有“身是菩提树,心如明镜台”之句。④法门:修行的途径。

皇甫冉

皇甫冉(约717—约770),润州丹阳(今属江苏)人,字茂政。十岁能属文,张九龄呼为小友。有诗集。

送陆鸿渐栖霞寺采茶

采茶非采菉[①],远远上层崖。布叶春风暖,盈筐白日斜。旧知山寺路,时宿野人家。借问王孙草[②],何时泛碗花。

①菉(lù):草名。 ②王孙草:淮南小山《招隐士》:"王孙游兮不归,春草生兮萋萋。"后以"王孙草"指牵人离愁的景色。

皇甫曾

皇甫曾(?—785),字孝常。皇甫冉弟。玄宗天宝间进士。历侍御史,后坐事贬舒州司马,移阳翟令。工诗,出王维之门,诗名与兄相上下。有诗集。

送陆鸿渐山人采茶回

千峰待逋客[①],香茗复丛生。采摘知深处,烟霞羡独行。幽期山寺远,野饭石泉清[②]。寂寂燃灯夜,相思一磬声[③]。

①千峰待逋客:逋客,隐士。《唐诗摘钞》:"只'千峰待逋客'五字,便见此客本与山有深情,采茶特寄焉而已。此后叙去,全觉山人行径高奇,怡情孤寂,其人其品跃然出纸上矣。如此仙笔,自非下劣凡夫所能梦见。" ②野饭:指粗淡的农家饭食。 ③相思一磬声:《此木轩论诗汇编》:"落句'相思一并磬声',极静极微,却开晚唐一路,而钟、谭亦用以兴。"

皎　然

皎然(约720—约803),吴兴(今浙江湖州)人,字清昼,本姓谢,为南朝宋谢灵运十世孙。与颜真卿、韦应物、顾况、灵澈有交往,又与陆羽交好,作《寻陆鸿渐不遇》《九日与陆处士羽饮茶》等诗。有《皎然集》。

晦夜李侍御萼宅集招潘述汤衡海上人饮茶赋[①]

晦夜不生月,琴轩犹为开。墙东隐者在[②],淇上逸僧来[③]。茗爱传花饮[④],诗看卷素裁。风流高此会,晓景屡裴回[⑤]。

①晦夜：晦日之夜，即农历每月最后一天的晚上。李侍御萼：李萼，广汉（今四川广汉）人，曾任殿中侍御史。潘述：长城县（今浙江湖州长兴县）丞。汤衡：字仲师，大理寺评事。海上人：事迹不详。皎然有《雪夜送海上人常州觐叔父上人殷仲文后》。上人，对僧人的尊称。②墙东：指隐居之地，典出《后汉书·逸民传·逢萌》，“君公遭乱独不去，侩牛自隐。时人谓之论曰：‘避世墙东王君公。’” ③淇上：淇水，古时为黄河支流，今流经河南省淇县、林县，至卫州卫县（今河南淇县）入黄河。淇上，犹言淇水岸。 ④传花：一种常用作酒令的游戏。依次传递花枝，一面击鼓。鼓声一停，花传到谁，谁就按规定表演或饮酒。 ⑤裴回：徘徊，留恋。

饮茶歌诮崔石使君[1]

越人遗我剡溪茗[2]，采得金牙爨金鼎[3]。素瓷雪色缥沫香[4]，何似诸仙琼蕊浆。 一饮涤昏寐，情来朗爽满天地。再饮清我神，忽如飞雨洒轻尘。三饮便得道，何须苦心破烦恼。此物清高世莫知[5]，世人饮酒多自欺。愁看毕卓瓮间夜[6]，笑向陶潜篱下时[7]。崔侯啜之意不已，狂歌一曲惊人耳。孰知茶道全尔真[8]，唯有丹丘得如此[9]。

①诮（qiào）：讥笑。崔石使君：不详。 ②剡（shàn）溪：曹娥江的上游。在今浙江省嵊州市南。 ③金牙：茶芽。爨（cuàn）：烧煮。 ④缥沫：青白色的茶沫。 ⑤清高：纯洁高尚。 ⑥毕卓瓮间夜：《晋书·毕卓传》载：“太兴末，为吏部郎，常饮酒废职。比舍郎酿熟，卓因醉夜至其瓮间盗饮之，为掌酒者所缚。明旦视之，乃毕吏部也。遽释其缚，卓遂引主人宴于瓮侧，致醉而去。”后常指嗜酒成癖的人。 ⑦陶潜篱下时：陶渊明作《饮酒》诗，“采菊东篱下，悠然望南山。” ⑧全尔真：保全你的本性。 ⑨丹丘：陶弘景《杂录》：“苦茶轻身换骨，昔丹丘子黄山君服之。”泛指修道人或神仙。

顾渚行寄裴方舟[1]

我有云泉邻渚山[2]，山中茶事颇相关。鶗鴂鸣时芳草死[3]，山家渐欲收茶子。伯劳飞日芳草滋，山僧又是采茶时。𫚒来惯采无近远[4]，阴岭长兮阳崖浅。大寒山下叶未生，小寒山中叶初卷[5]。吴姹携笼上翠微[6]，蒙蒙香刺罥春衣[7]。迷山乍被落花乱，度水时惊啼鸟飞。家园不远乘露摘，归时露彩犹滴沥。初看抽出欺玉英[8]，更取煎来胜金液[9]。昨夜西峰雨色过，朝寻新茗复如何。女宫露涩青芽老，尧市人稀紫笋多[10]。紫笋青芽谁得识，日暮采之长太息。清泠真人待子元[11]，贮此芳香思何极。

①裴方舟：皎然友。见皎然《西白溪流期裴方舟不至》《冬日梅溪送裴方舟之宣州》。②云泉：金沙泉。渚山：顾渚山，在今浙江长兴县。陆羽《茶经》："湖州，生长城县顾渚山谷。"李肇《唐国史补》："湖州有顾渚之紫笋。" ③鶗鴂（tí jué）：杜鹃鸟。秋季鸣叫，告知茶农该收茶子了。 ④繇（yóu）来：由来。 ⑤叶初卷：陆羽《茶经》："叶卷上，叶舒次。" ⑥翠微：青翠掩映的山腰幽深处。 ⑦罥（juàn）：缠绕。 ⑧玉英：花的美称。 ⑨金液：美酒。⑩尧市：在今浙江长兴县。传说尧时发大洪水，居民于山上设市。 ⑪子元：《神仙传》："清泠真人裴君与道人支子元为友。"

戴叔伦

戴叔伦（732—789），润州金坛（今江苏金坛）人，字幼公。为萧颖士弟子，工诗，以文辞著。

春日访山人

远访山中客，分泉谩煮茶[①]。相携林下坐，共惜鬓边华。归路逢残雨，沿溪见落花。候门童子问，游乐到谁家。

①谩：通"漫"，缓也。

陆　羽

陆羽（733—约804），复州竟陵（今湖北天门）人，字鸿渐，一名疾，字季疵，自称桑苧翁，又号竟陵子、东冈子。工古调歌诗。性诙谐，少年匿优人中，撰《谑谈》数千言。玄宗天宝中，居火门山。肃宗上元初，更隐苕溪，阖门著书。与李季兰、皎然、颜真卿交往。嗜茶，精于茶道，著《茶经》三卷。

茶　经（节选）

凡酌，置诸碗，令沫饽均[①]。沫饽，汤之华也。华之薄者曰沫，厚者曰饽，细轻者曰花。花如枣花漂漂然于环池之上；又如回潭曲渚青萍之始生；又如晴天爽朗，有浮云鳞然。其沫者，若绿钱浮于水渭[2]；又如菊英堕于鐏俎之中[3]。饽者，以滓煮之，及沸，则重华累沫，皤皤然若积雪耳[4]。《荈赋》所谓“焕如积雪，烨若春藪[5]”，有之。

①饽(bō)：茶汤表面的浮沫。 ②绿钱：青苔。 ③鐏俎(zūn zǔ)：古代盛酒食的器皿。鐏以盛酒，俎以盛肉。 ④皤(pó)皤然：洁白的样子。 ⑤烨：灿烂。藪(fū)：花。

(元)赵原：陆羽烹茶图

韦应物

韦应物(约737—791)，京兆万年(今陕西西安)人，字义博。工诗，与顾况、刘长卿等相酬唱。因出任过苏州刺史，世称“韦苏州”。诗风恬淡高远，以善于写景和描写隐逸生活著称。有《韦江州集》《韦苏州诗集》《韦苏州集》。

喜园中茶生

洁性不可污，为饮涤尘烦。此物信灵味[1]，本自出山原。聊因理郡余[2]，率尔植荒园。喜随众草长，得与幽人言[3]。

①灵味：指茶味。 ②理郡余：办公之余。 ③幽人：隐士。

刘言史

刘言史(约742—812),邯郸(今河北邯郸)人,一说赵州(今河北赵县)人。少尚气节,不举进士。与李贺、孟郊友善。诗风接近李贺。皮日休称:“其美丽恢赡,自贺外,世莫得比。”《全唐诗》存诗一卷。

与孟郊洛北野泉上煎茶

粉细越笋芽①,野煎寒溪滨。恐乖灵草性,触事皆手亲。敲石取鲜火②,撇泉避腥鳞。荧荧爨风铛③,拾得坠巢薪。洁色既爽别④,浮氲亦殷勤。以兹委曲静,求得正味真。宛如摘山时,自歠指下春⑤。湘瓷泛轻花,涤尽昏渴神。此游惬醒趣,可以话高人。

①越笋芽:越州茶。 ②鲜火:新火。 ③荧荧:小火。 ④爽别:清亮。 ⑤歠(chuò):喝。

灵 默

灵默(747—818),毗灵(今江苏常州)人,俗姓宣。初入京选官,路经洪州开元寺,谒马祖道一,闻禅旨而感悟,遂出家。德宗贞元初,入天台山,住白沙道场。贞元末,移住越州五泄山,世称“五泄和尚”。《宋高僧传》记其事迹。

越州观察使差人问师以禅住持依律住持师以偈答

寂寂不持律,滔滔不坐禅。酽茶两三碗①,意在镢头边②。

①酽茶:浓茶。 ②镢(jué)头:一种形似镐的刨土农具。《景德传灯录》卷十三载:人问汝州风穴延沼禅师:“如何是镢头边意?”师曰:“山前一片青。”此处应是指佛教丛林制度中“不作不食”一类的规定。或指禅宗强调的顿悟,即在耕种的过程中悟道。

孟 郊

孟郊(751—814),湖州武康(今浙江德清)人,生于昆山,字东野。少隐居嵩山,性狷介,与韩愈友善。工诗,与贾岛齐名,并称"郊岛",又以诗风瘦硬,有"郊寒岛瘦"之说。年四十五六方登进士第。卒,张籍私谥贞曜先生。宋敏求编有《孟东野集》十卷行世。

题陆鸿渐上饶新开山舍

惊彼武陵状①,移归此岩边。开亭拟贮云,凿石先得泉。啸竹引清吹②,吟花成新篇。乃知高洁情,摆落区中缘③。

①武陵:典出陶渊明《桃花源记》,指避世隐居的地方。 ②清吹:清风。 ③摆落:摆脱。区中缘:尘世的俗情。

刘禹锡

刘禹锡(772—842),彭城(今江苏徐州)人,字梦得。进士及第,又登博学宏词科。精于古文,擅长五言诗。晚年常与白居易唱和往来,并称"刘白",白氏誉之为"诗豪"。

西山兰若试茶歌①

山僧后檐茶数丛,春来映竹抽新茸。宛然为客振衣起,自傍芳丛摘鹰嘴②。斯须炒成满室香,便酌砌下金沙水③。骤雨松声入鼎来,白云满碗花徘徊④。悠扬喷鼻宿酲散⑤,清峭彻骨烦襟开⑥。阳崖阴岭各殊气,未若竹下莓苔地。炎帝虽尝未解煎⑦,桐君有箓那知味⑧。新芽连拳半未舒,自摘至煎俄顷余。木兰沾露香微似,瑶草临波色不如。僧言灵味宜幽寂,采采翘英为嘉客。不辞缄封寄郡斋⑨,砖井铜炉损标格⑩。何况蒙山顾渚春,白泥赤印走风尘⑪。欲知花乳清泠味,须是眠云跂石人⑫。

①兰若(rě):指寺院。梵语"阿兰若"的省称,意为寂静无苦恼烦乱之处。 ②鹰嘴:茶名。 ③金沙:泉名,位于浙江湖州长兴县。 ④白云:指煎茶时水面浮起的泡沫,下文"花乳"同。刘禹锡《尝茶》:"今宵更有湘江月,照出菲菲满碗花。" ⑤宿酲:宿醉。 ⑥烦襟:烦

闷的心怀。 ⑦炎帝：陆羽《茶经》："茶之为饮，发乎神农氏，闻于鲁周公。" ⑧桐君：传说为黄帝时医师。陆羽《茶经》引《桐君录》，言："西阳、武昌、庐江、晋陵好茗，皆东人作清茗，茗有饽，饮之宜人。" ⑨缄封：书信。 ⑩砖井铜炉损标格：言用砖井里的水，用铜炉煮茶，失茶之原有风味。与"不辞缄封寄郡斋"相呼应。 ⑪白泥赤印：缄封用白泥封口，加盖红色官印。 ⑫跂(qí)石：垂足而坐于石上。

白居易

白居易(772—846)，下邽(今陕西渭南)人，字乐天，自号香山居士。贞元进士。元和初召入翰林为学士，拜左拾遗。工诗，倡导"新乐府"运动。诗文与元稹齐名，世号"元白"。晚年与刘禹锡唱和，又称"刘白"。有《白氏长庆集》等。

谢李六郎中寄新蜀茶

故情周匝向交亲①，新茗分张及病身。红纸一封书后信，绿芽十片火前春②。汤添勺水煎鱼眼③，末下刀圭搅曲尘④。不寄他人先寄我，应缘我是别茶人⑤。

①周匝：周到，周密。 ②火前春：火前茶。火前，指寒食节禁火之前。 ③鱼眼：指水烧开时冒出的状如鱼眼大小的气泡。陆羽《茶经》："其沸，如鱼目，微有声，为一沸。缘边如涌泉连珠，为二沸。腾波鼓浪，为三沸。" ④刀圭：本为中药的量器名，这里指茶则，陆羽《茶经》："凡煮水一升，用末方寸匕，若好薄者减，嗜浓者增，故云则也。" ⑤别：鉴别。

琴 茶

兀兀寄形群动内①，陶陶任性一生间②。自抛官后春多醉③，不读书来老更闲。琴里知闻唯渌水④，茶中故旧是蒙山⑤。穷通行止长相伴⑥，谁道吾今无往还⑦。

①兀兀：孤独的样子。群动：诸多活动。 ②陶陶：和乐的样子。 ③抛官：辞官。④知闻：朋友。渌水：古曲名。 ⑤蒙山：指产自四川蒙山的茶。 ⑥穷通：困厄与显达。行止：言动和定。 ⑦往还：交游，交往。

（唐）周昉：调琴啜茗图

山泉煎茶有怀

坐酌泠泠水①，看煎瑟瑟尘②。无由持一碗③，寄与爱茶人。

①泠泠：清凉。 ②瑟瑟：碧绿色。尘：指茶末。 ③无由：没有渠道。

睡后茶兴忆杨同州①

昨晚饮太多，嵬峨连宵醉②。今朝餐又饱，烂熳移时睡。睡足摩挲眼，眼前无一事。信脚绕池行③，偶然得幽致。婆娑绿阴树，斑驳青苔地。此处置绳床④，傍边洗茶器。白瓷瓯甚洁，红炉炭方炽。沫下曲尘香，花浮鱼眼沸。盛来有佳色，咽罢余芳气。不见杨慕巢，谁人知此味。

①杨同州：白居易友人杨汝士。字慕巢，元和四年(809)进士，大和八年(834)为同州刺史。与白居易交善。 ②嵬(wéi)峨：倾侧不稳，形容醉态。 ③信脚：漫步。 ④绳床：一种可以折叠的轻便坐具。以板为之，并用绳穿织而成。又称"胡床""交床"。

东　院

松下轩廊竹下房①，暖檐晴日满绳床。净名居士经三卷②，荣启先生琴一张③。老去齿衰嫌橘醋④，病来肺渴觉茶香。有时闲酌无人伴，独自腾腾入醉乡⑤。

①轩廊：有窗的走廊。　②净名：毗摩罗诘佛，与释迦牟尼同时人。经：指《维摩诘经》。③荣启：春秋时隐士荣启期。传说他曾行于郊之野，鹿裘带索，鼓琴而歌。　④醋：酸。⑤腾腾：蒙眬、迷糊貌。

李　绅

李绅(772—846)，无锡(今属江苏)人，字公垂。擅长歌诗。元和进士。召为翰林学士，与李德裕、元稹同在禁署，时称“三俊”。

别石泉

在惠山寺松竹之下，甘爽，乃人间灵液，清澄鉴肌骨，含漱开神虑，茶得此水，皆尽芳味。

素沙见底空无色①，青石潜流暗有声。微渡竹风涵淅沥，细浮松月透轻明。桂凝秋露添灵液，茗折香芽泛玉英。应是梵宫连洞府②，浴池今化醒泉清。

①素沙：白沙。　②梵宫：指佛寺。洞府：道教称神仙居住的地方。

柳宗元

柳宗元(773—819)，河东解(今山西运城)人，字子厚。登进士第，又中博学宏词举，拜尚书礼部员外郎，参与王叔文改革，败，贬永州司马。后迁柳州刺史，卒于任。著述颇丰，名闻于时，世称“柳柳州”。与韩愈并称“韩柳”，共倡古文运动，其文峭拔矫健。又工诗，风格清峭。有《柳河东集》。

巽上人以竹间自采新茶见赠酬之以诗

芳从翳湘竹，零露凝清华。复此雪山客①，晨朝掇灵芽。蒸烟俯石濑②，咫尺凌丹崖。圆方丽奇色，圭璧无纤瑕。呼儿爨金鼎，余馥延幽遐。涤虑发真照③，还源荡昏邪④。犹同甘露饭⑤，佛事薰毗耶⑥。咄此蓬瀛侣⑦，无乃贵流霞。

①雪山客:高僧。雪山,传说释迦牟尼成道前曾在此苦行。后借指佛教圣地或僧侣住地。 ②石濑:水为石激形成的急流。 ③涤虑:清除烦扰,使思想清净。 ④还源:佛教语。由迷误而转入醒悟。 ⑤甘露饭:佛祖如来的斋饭。 ⑥佛事:佛家谓诸佛教化众生之事。毗耶:比喻精通佛法、善说佛理之人。 ⑦蓬瀛:蓬莱和瀛洲。神山名,相传为仙人所居之处。

姚 合

姚合(777—843),陕州硖石(今河南陕县)人。工诗,其诗称武功体。诗风近似贾岛,然较贾岛平淡浅近,晚唐诗僧齐己云:“冷淡闻姚监,精奇见浪仙。”与贾岛并称“姚贾”。

寄杨工部闻毗陵舍弟自罨溪入茶山[①]

采茶溪路好,花影半浮沉。画舸僧同上[②],春山客共寻。芳新生石际,幽嫩在山阴。色是春光染,香惊日气侵。试尝应酒醒,封进定恩深。芳贻千里外,怡怡太府吟[③]。

①毗陵:今江苏常州一带。罨溪:指罨画溪,位于今浙江长兴县。 ②画舸:画船。③怡怡:喜悦貌。

卢 仝

卢仝(约775—835),范阳(今河北逐州市)人,自号玉川子。年轻时隐居少室山,家境贫困,刻苦读书,颇有拯世济民之志,但终生未能仕进。甘露之变时,因留宿宰相王涯家,与王同时遇害。其诗对当时腐败的朝政与民生疾苦均有所反映,风格奇特,近于散文。有《玉川子诗集》。

走笔谢孟谏议寄新茶

日高丈五睡正浓,军将打门惊周公。口云谏议送书信[①],白绢斜封三道印[②]。开缄宛见谏议面,手阅月团三百片[③]。闻道新年入山里,蛰虫惊动春风起。天子须尝阳羡茶[④],百草不敢先开花。仁风暗结珠琲瓃[⑤],先春抽出黄金芽。摘鲜焙芳旋封裹,至精至好且不奢。至尊之余合王公，何事便到山人家。柴门反关无俗客，纱帽笼头自煎吃。碧云引风吹不断，白花浮光凝碗面。一碗喉吻润，两碗破孤闷。三碗搜枯肠，唯有文字五千卷。四碗发轻汗，平生不平事。尽向毛孔散，五碗肌骨清。六碗通仙灵，七碗吃不得也。唯觉两腋习习清风生，蓬莱山，在何处？玉川子，乘此清风欲归去。山上群仙司下土，地位清高隔风雨。安得知百万亿苍生命，堕在巅崖受辛苦。便为谏议问苍生，到头还得苏息否[6]。

①谏议：官名，谏议大夫。 ②白绢斜封三道印：古人书信常用白绢在函外横着缄封。 ③月团：指团饼茶。 ④阳羡茶：历史名茶，产自宜兴。 ⑤琲瓃：即蓓蕾，花蕾，这里指茶芽。 ⑥苏息：休养生息。

（清）金农：玉川先生煎茶图

元　稹

元稹（779—831），洛阳（今河南洛阳）人，字微之。幼孤，母郑贤而文，亲授书传。举明经书判入等，补校书郎。年五十三卒，赠尚书右仆射。自少与白居易倡和，当时言诗者称“元白”，号为“元白体”。有《元氏长庆集》百卷，《类集》三百卷。

一字至七字诗·茶

茶。香叶，嫩芽。慕诗客，爱僧家。碾雕白玉[1]，罗织红纱[2]。铫煎黄蕊色[3]，碗转曲尘花④。夜后邀陪明月,晨前命对朝霞。洗尽古今人不倦,将知醉后岂堪夸。

①碾雕白玉:指茶碾似白玉。 ②罗织红纱:以红纱织成的茶罗。 ③铫:煮茶的器具。④曲尘:本义指酒曲所生菌,呈淡黄色,这里指茶汤。白居易《谢李六郎中寄新蜀茶》:"汤添勺水煎鱼眼,末下刀圭搅曲尘。"

施肩吾

施肩吾(780—861),睦州分水(今浙江桐庐)人,字希圣。宪宗元和十五年(820)进士。后隐居洪州西山,世称"华阳真人"。为诗奇丽。有《西山集》十卷。

蜀茗词

越碗初盛蜀茗新①,薄烟轻处搅来匀。山僧问我将何比,欲道琼浆却畏嗔②。

①越碗:产自越州的碗。陆羽《茶经》:"碗,越州上,鼎州次,婺州次;岳州上,寿州、洪州次。" ②琼浆:仙人的饮料,比喻美酒。嗔(chēn):责怪。

春 霁

煎茶水里花千片,候客亭中酒一樽。独对春光还寂寞,罗浮道士忽敲门①。

①罗浮:山名。在广东省东江北岸。葛洪曾在此山修道,道教称为"第七洞天"。

李德裕

李德裕(787—850),赵郡(今河北赵县)人,字文饶。以父吉甫荫拜监察御史,历任浙西观察使、西川节度使,均有政绩。好著书为文,虽位极台辅,仍读书不辍。有《次柳氏旧闻》《会昌一品集》。

忆平泉杂咏·忆茗芽

谷中春日暖，渐忆掇茶英。欲及清明火，能销醉客醒。松花飘鼎泛，兰气入瓯轻①。饮罢闲无事，扪萝溪上行②。

①兰气入瓯轻：《石园诗话》："文饶《忆茗芽》云：'松花飘鼎泛，兰气入瓯轻。'《故人寄茶》云：'碧流霞脚碎，香泛乳花轻。'两联俱善于言茶，押'轻'字俱不费力。" ②扪萝：攀援葛藤。

故人寄茶

剑外九华英①，缄题下玉京②。开时微月上③，碾处乱泉声。半夜邀僧至，孤吟对竹烹。碧流霞脚碎④，香泛乳花轻。六腑睡神去，数朝诗思清⑤。其余不敢费，留伴读书行。

①剑外：指四川剑阁以南地区。九华英：茶名。 ②玉京：道家称天帝所居之处。③微月：犹眉月，新月。 ④霞脚：指茶叶。 ⑤诗思：作诗的思路、情致。

李群玉

李群玉(808—862)，澧州(今湖南澧县)人，字文山。性旷逸，不乐仕进，以吟咏自适。裴度荐之，诏授弘文馆校书郎，未几乞归，卒。有《李群玉集》。

龙山人惠石廪方及团茶①

客有衡岳隐，遗余石廪茶。自云凌烟露，采掇春山芽。圭璧相压叠②，积芳莫能加。碾成黄金粉，轻嫩如松花。红炉爨霜枝，越儿斟井华③。滩声起鱼眼④，满鼎漂清霞。凝澄坐晓灯⑤，病眼如蒙纱⑥。一瓯拂昏寐，襟鬲开烦拿⑦。顾渚与方山⑧，谁人留品差。持瓯默吟味⑨，摇膝空咨嗟。

①石廪：山峰名。衡山五峰之一。因形似仓廪而得名。 ②圭璧：这里指茶碾，如璧的堕、如圭的臼。 ③井华：井华水，清晨初汲的水。 ④滩声：水激滩石发出的声音。 ⑤凝

澄:形容神思专注。 ⑥病眼:谓老眼昏花。 ⑦襟鬲(gé):胸襟。烦拿:亦作“烦挐”。牵缠,纷乱。 ⑧方山:指福州方山露芽茶。 ⑨吟味:品味,品尝。

温庭筠

温庭筠(?—866),太原(今属山西)人,本名岐,字飞卿。蒲博酣饮,不拘小节,极受当权者压抑,官止国子助教。长于诗赋,韵格清拔,甚为文士所重。其诗辞藻华丽,与李商隐齐名,并称“温李”。其词多写闺情,风格浓艳,后收入《花间集》,为花间派词人之首,又与韦庄并称“温韦”。

西陵道士茶歌

乳窦溅溅通石脉①,绿尘愁草春江色。涧花入井水味香,山月当人松影直。仙翁白扇霜鸟翎,拂坛夜读《黄庭经》②。疏香皓齿有余味,更觉鹤心通杳冥③。

①乳窦:泉眼。溅溅:流水声。 ②《黄庭经》:道教的经典著作。 ③鹤心:高远之心;出尘之想。杳冥:指天空,高远之处。

贯 休

贯休(832—912),婺州兰溪(今浙江兰溪)人,俗姓姜,字德隐,号禅月大师。工草书,时人比之阎立本、怀素。善绘水墨罗汉,笔法坚劲夸张,世称“梵相”。有《禅月集》。

春游凉泉寺

一到凉泉未拟归,迸珠喷玉落阶墀①。几多僧只因泉在,无限松如泼墨为。云堑含香啼鸟细②,茗瓯擎乳落花迟。青山看着不可上,多病多慵争奈伊③。

①阶墀(chí):阶面。 ②云堑:云雾缭绕的山涧。 ③争奈:怎奈。

皮日休

皮日休(约838—约883),襄阳(今湖北襄阳)人,字逸少,后改袭美,早年居鹿门山,自号鹿门子,又号间气布衣、醉吟先生等。懿宗咸通八年(867)擢进士第。十年(869),为苏州刺史从事,与陆龟蒙交游唱和,人称"皮陆"。后又入京为太常博士。有《皮子文薮》《松陵集》。

茶中杂咏·茶瓯

邢客与越人[1],皆能造兹器。圆似月魂堕,轻如云魄起。枣花势旋眼[2],苹沫香沾齿[3]。松下时一看,支公亦如此[4]。

①邢客与越人:邢州与越州制造茶瓯的匠人。 ②枣花:指茶汤,陆羽《茶经》:"花如枣花飘飘然于环池之上。" ③萍:多年生水生蕨类植物,指茶汤。 ④支公:即晋高僧支遁。或泛指高僧。

茶中杂咏·煮茶

香泉一合乳,煎作连珠沸[1]。时看蟹目溅,乍见鱼鳞起。声疑松带雨,饽恐生烟翠[2]。尚把沥中山[3],必无千日醉[4]。

①连珠:与下文"蟹目""鱼鳞"皆指水沸时的气泡。 ②饽:茶汤。 ③中山:美酒。见《茶酒论》。 ④千日醉:张华《博物志》:"刘元石于中山酒家酤酒,酒家与千日酒饮之,忘言其节度。归至家大醉,不醒数日,而家人不知,以为死也,具棺殓葬之。酒家计千日满,乃忆元石前来酤酒,醉当醒矣。往视之,云:'元石亡来三年,已葬。'于是开棺,醉始醒。"

郑 谷

郑谷(约851—约910),袁州宜春(今江西宜春)人,字守愚。郑史子。幼颖异,七岁能诗,见赏于马戴。僖宗光启中擢进士第。昭宗乾宁中为都官郎中,人称"郑都官"。尝赋鹧鸪警绝,又称"郑鹧鸪"。僧齐己携《早梅》诗谒谷,曰:"前村深雪里,昨夜数枝开。"谷曰:"数枝非早也,未若一枝佳。"己以为"一字师"。有《云台编》《宜阳集》。

峡中尝茶

簇簇新英摘露光，小江园里火煎尝。吴僧漫说鸦山好[①]，蜀叟休夸鸟嘴香[②]。合座半瓯轻泛绿，开缄数片浅含黄。鹿门病客不归去[③]，酒渴更知春味长[④]。

①鸦山：指雅山，在今安徽省郎溪县南。产茶，俗传鸦衔茶子而生，故称。　②鸟嘴：茶名。　③鹿门：鹿门山之省称。在今湖北省襄阳市襄州区。后汉庞德公携妻子登鹿门山，采药不返。后因用指隐士所居之地。　④酒渴：指酒后口渴。春味：春茶的滋味。文彦博《和公仪湖上烹蒙顶新茶作》："蒙顶露牙春味美，湖头月馆夜吟清。"

齐　己

齐己(约 860—约 937)，潭州长沙(今湖南长沙)人，自号衡岳沙门。天性颖悟，常以竹枝画牛背为诗，诗句多出人意表。众僧奇之，劝令落发为浮屠。风度日改，声价益隆。后终于江陵。好吟咏，与郑谷酬唱，积以成编，号《白莲集》，又有《风骚旨格》。

咏茶十二韵

百草让为灵，功先百草成。甘传天下口，贵占火前名。出处春无雁，收时谷有莺。封题从泽国，贡献入秦京。嗅觉精新极，尝知骨自轻[①]。研通天柱响[②]，摘绕蜀山明。赋客秋吟起，禅师昼卧惊。角开香满室[③]，炉动绿凝铛。晚忆凉泉对，闲思异果平。松黄干旋泛[④]，云母滑随倾[⑤]。颇贵高人寄，尤宜别匮盛。曾寻修事法，妙尽陆先生。

①尝知骨自轻：陶弘景《杂录》："苦茶轻身换骨，昔丹丘子、黄山君服之。"　②天柱：位于安徽省安庆市潜山市西部。　③角：指茶角，古时封装茶叶的器物。　④松黄：松花。这里指状如松黄的茶汤，寒山《诗三百三首(其一九三)》："石室地炉砂鼎沸，松黄柏茗乳香瓯。"　⑤云母：矿石名，这里指状如云母的茶汤。若水《题慧山泉》："注瓶云母滑，漱齿茯苓香。野客偷煎茗，山僧借净床。"

过陆鸿渐旧居

楚客西来过旧居,读碑寻传见终初。佯狂未必轻儒业,高尚何妨诵佛书①。种竹岸香连菡萏,煮茶泉影落蟾蜍②。如今若更生来此,知有何人赠白驴③。

①"佯狂"句:《陆文学自传》:"往往独行野中,诵佛经,吟古诗,杖击林木,手弄流水,夷犹徘徊,自曙达暮,至日黑兴尽,号泣而归。故楚人相谓:陆子盖今之接舆也。" ②蟾蜍:指月亮。 ③白驴:竟陵太守崔国辅赠陆羽白驴。

郑 遨

郑遨(866—939),滑州白马(今河南滑县)人,字云叟。传他"少好学,敏于文辞",是"嫉世远去"之人,有"高士""逍遥先生"之称。

茶 诗

嫩芽香且灵,吾谓草中英。夜臼和烟捣,寒炉对雪烹。惟忧碧粉散①,常见绿花生②。最是堪珍重,能令睡思清③。

①碧粉:茶末。 ②绿花:指汤花。 ③睡思:睡意。

谢灉湖茶

灉湖唯上贡①,何以惠寻常。还是诗心苦,堪消蜡面香②。碾声通一室,烹色带残阳。若有新春者,西来信勿忘。

①灉湖:指产自湖南岳阳的茶,唐代贡茶。 ②蜡面:福建名茶。《旧唐书·哀帝纪》:"福建每年进橄榄子……虽嘉忠荩,伏恐烦劳。今后只供进蜡面茶,其进橄榄子宜停。"

徐 夤

徐夤(873—?),莆田(今福建莆田)人,字昭梦。博学多才,尤擅作赋。有《徐正字诗赋》二卷。

尚书惠蜡面茶

武夷春暖月初圆,采摘新芽献地仙①。飞鹊印成香蜡片②,啼猿溪走木兰船。金槽和碾沉香末③,冰碗轻涵翠缕烟④。分赠恩深知最异,晚铛宜煮北山泉⑤。

①地仙:武夷君,即武夷仙人。范仲淹《和章岷从事斗茶歌》:"溪边奇茗冠天下,武夷仙人从古栽。" ②香蜡片:唐代名茶。木兰船:传说鲁班曾采用吴地木兰树刻木兰舟。 ③沉香末:指碾碎的茶末如沉香末。 ④冰碗:青色越窑茶碗。陆羽《茶经》:"邢瓷类雪,越瓷类冰。"徐夤《贡余秘色茶盏》:"捩翠融青瑞色新,陶成先得贡吾君。功剜明月染春水,轻旋薄冰盛绿云。古镜破苔当席上,嫩荷涵露别江渍。中山竹叶醅初发,多病那堪中十分。" ⑤铛:煮茶器,似锅,三足。

张又新

张又新,深州陆泽(今河北深州)人,字孔昭。宪宗元和中举进士,状元及第,后应宏辞科第一,又为京兆解头,时号为"张三头"。工诗,嗜茶。有《煎茶水记》。

谢庐山僧寄谷帘水①

消渴茂陵客②,甘凉庐阜泉③。泻从千仞石,寄逐九江船。竹匮新茶出,铜铛活火煎。育花浮晚菊④,沸沫响秋蝉。啜忆吴僧共,倾宜越碗圆。气清宁怕睡,骨健欲成仙。吏役寻无暇,诗情得有缘。深疑尝沆瀣⑤,犹欠听潺湲⑥。迢递康王谷⑦,尘埃陆羽篇。何当结茅屋,长在水帘前。

①谷帘水:在江西庐山。张又新《煎茶水记》:"庐山康王谷水帘水,第一。" ②消渴茂陵客:指司马相如。《史记·司马相如列传》:"相如口吃而善著书,常有消渴疾。"病后家居茂

陵。 ③庐阜:庐山。 ④育花浮晚菊:指茶汤如同菊花。陆羽《茶经》:“其沫者,若绿钱浮于水渭;又如菊英堕于鐏俎之中。” ⑤沆瀣:夜间的水气,露水,旧谓仙人所饮。 ⑥潺湲:流水声。 ⑦迢递:连绵不绝。

李郢

李郢,京兆长安(今陕西西安)人,字楚望。初居杭州,以山水琴书自娱,疏于驰竞。宣宗大中十年(856),登进士第。工诗,七律尤清丽可喜,为时人所称。

茶山贡焙歌

使君爱客情无已,客在金台价无比①。春风三月贡茶时,尽逐红旌到山里。焙中清晓朱门开②,筐箱渐见新芽来。陵烟触露不停探③,官家赤印连帖催。朝饥暮匐谁兴哀④,喧阗竟纳不盈掬⑤。一时一饷还成堆⑥,蒸之馥之香胜梅,研膏架动轰如雷⑦。茶成拜表贡天子⑧,万人争啖春山摧。驿骑鞭声砉流电⑨,半夜驱夫谁复见。十日王程路四千⑩,到时须及清明宴。吾君可谓纳谏君,谏官不谏何由闻。九重城里虽玉食,天涯吏役长纷纷。使君忧民惨容色,就焙尝茶坐诸客。几回到口重咨嗟⑪,嫩绿鲜芳出何力。山中有酒亦有歌,乐营房户皆仙家⑫。仙家十队酒百斛⑬,金丝宴馔随经过。使君是日忧思多,客亦无言征绮罗。殷勤绕焙复长叹,官府例成期如何。吴民吴民莫憔悴,使君作相期苏尔⑭。

①金台:黄金台的省称。指延揽士人之处。 ②朱门:红漆大门。指贵族豪富之家。③触露:指清晨。 ④匐:匍匐。 ⑤喧阗(tián):喧哗,热闹。 ⑥一饷:片刻。 ⑦研膏:研磨茶叶成团。 ⑧拜表:上奏章。 ⑨砉(huā):象声词,形容迅速动作的声音。 ⑩王程:奉公命差遣的行程。 ⑪咨嗟:赞叹。 ⑫乐营:旧时官妓的坊署。 ⑬百斛(hú):泛指多斛。斛,量具名。古以十斗为一斛。 ⑭苏尔:犹“苏息”,安养休息。

陆龟蒙

陆龟蒙(?—约881),姑苏(今江苏苏州)人,字鲁望。举进士不第,往从张抟,历湖、苏二郡从事。后隐居松江甫里，多所论撰，时谓“江湖散人”，或号“天随子”“甫里先生”。有《笠译丛书》《甫里集》。

奉和袭美茶具十咏·茶人[①]

天赋识灵草，自然钟野姿[②]。闲来北山下，似与东风期。雨后探芳去，云间幽路危。唯应报春鸟[③]，得共斯人知。

①袭美：皮日休的字。皮日休有《茶中杂咏》十首。 ②野姿：自然朴素的姿容。 ③报春鸟：顾渚山有报春鸟。

秦韬玉

秦韬玉，京兆(今陕西西安)人，字中明。出身寒素，累举不第。工诗。原有《投知小录》，今佚。

采茶歌

天柱香芽露香发，烂研瑟瑟穿荻篾[①]。太守怜才寄野人[②]，山童碾破团团月。倚云便酌泉声煮，兽炭潜然虬珠吐[③]。看着晴天早日明，鼎中飒飒筛风雨[④]。老翠香尘下才熟[⑤]，搅时绕箸天云绿。耽书病酒两多情[⑥]，坐对闽瓯睡先足。洗我胸中幽思清，鬼神应愁歌欲成。

①瑟瑟：碧绿色，指茶末的颜色。荻篾：用以穿茶。 ②野人：指平民。 ③兽炭：做成兽形的炭。亦泛指炭或炭火。潜然：暗中燃火。然，通“燃”。虬珠吐：形容炭火。 ④风雨：指候汤时水沸之声。前句“看着晴天早日明”是铺垫。 ⑤老翠：深绿色的茶末。 ⑥耽书：酷嗜书籍。病酒：饮酒沉醉。

(明)文徵明：茶具十咏图

崔　珏

崔珏，清河东武城（今山东武城）人，字梦之。曾寄居江陵。宣宗大中间登进士第。工诗，与李商隐为友，诗风工丽旖旎。以咏鸳鸯诗著称，时号崔鸳鸯。有集，已佚。

美人尝茶行

云鬟枕落困春泥[①]，玉郎为碾瑟瑟尘[②]。闲教鹦鹉啄窗响，和娇扶起浓睡人。银瓶贮泉水一掬，松雨声来乳花熟。朱唇啜破绿云时，咽入香喉爽红玉[③]。明眸渐开横秋水[④]，手拨丝簧醉心起。台时却坐推金筝，不语思量梦中事。

①云鬟：借指年轻貌美的女子。　②玉郎：对男子的美称。　③红玉：古常以比喻美人肌色。　④秋水：比喻明澈的眼波。

福　全

福全，浙江金乡（今浙江省平阳县）人，生平不详，能诗，善茶道。《清异录》载其事迹。

汤　戏[①]

馔茶而幻出物象于汤面者，茶匠通神之艺也。沙门福全生于金乡，长于茶海，能注汤幻茶成一句诗，并点四瓯。共一绝句，泛乎汤表，小小物类，唾手办耳[②]。檀越日造门求观汤戏[③]，全自咏曰：

生成盏里水丹青[④]，巧画工夫学不成。却笑当时陆鸿渐，煎茶赢得好名声。

①汤戏：茶汤上写字作画。《茗荈录》："茶至唐始盛。近世有下汤运匕，别施妙诀，使汤纹水脉成物象者，禽兽虫鱼花草之属，纤巧如画，但须臾即就散灭，此茶之变也。时人谓之'茶百戏'。"　②唾手：比喻事情极易办到。　③檀越：施主。　④丹青：绘画。

王 敷

王敷，乡贡进士，生平不详。

茶酒论

序：窃见神农曾尝百草，五谷从此得分。轩辕制其衣服，流传教示后人。仓颉制其文字，孔丘阐化儒因。不可从头细说，撮其枢要之陈。暂问茶之酒两个谁有功勋？阿谁即合卑小[①]，阿谁即合称尊？今日各须立理，强者光饰一门[②]。

①阿谁：疑问代词。犹言谁，何人。 ②光饰一门：光耀门庭。

茶乃出来言曰："诸人莫闹，听说些些，百草之首，万木之花。贵之取蕊，重之摘芽。呼之茗草，号之作茶。贡五侯宅[①]，奉帝王家。时新献入，一世荣华。自然尊贵，何用论夸！"

①五侯宅：贵族之家。

酒乃出来："可笑词说！自古至今，茶贱酒贵。单醪投河，三军告醉[①]。君王饮之，叫呼万岁，群臣饮之，赐卿无畏[②]。和死定生，神明歆气。酒食向人，终无恶意。有酒有令，仁义理智。自合称尊，何劳比类！"

①单醪(láo)投河，三军告醉：单，通"箪"。单醪，一樽酒。《文选·张协·七命》："单醪投川，可使三军告捷。" ②赐卿无畏：套语。唐时皇上对臣下示以优待宽容。

茶为酒曰："阿你不闻道：浮梁歙州[①]，万国来求。蜀山流顶[②]，骑山蓦岭。舒城太湖，买婢买奴。越郡余杭，金帛为囊。素紫天子，人间亦少。商客来求，船车塞绍[③]，阿谁合少？"

①浮梁：县名，在今江西。白居易《琵琶行》："商人重利轻别离，前月浮梁买茶去。" ②蜀山：或指宜兴之蜀山。 ③塞绍：因车船多而拥塞之貌。

酒为茶曰："阿你不闻道，剂酒乾和[①]，博锦博罗。蒲桃九酝，于身有润。玉酒琼浆，仙人杯觞。菊花竹叶，君王交接。中山赵母，甘甜美苦。一醉三年[②]，流传今古。礼让乡闾，调和军府。阿你头恼,不须干努③。”

①剂酒、乾和:酒名。下文“蒲桃”“九酝”“玉酒”“琼浆”“菊花”“竹叶”“中山”“赵母”亦为酒名。蒲桃,即葡萄。②一醉三年:见皮日休《茶中杂咏·煮茶》“千日醉”注。③干努:白费劲。

茶为酒曰:“我之茗草,万木之心。或白如玉,或似黄金。名僧大德,幽隐禅林。饮之语话①,能去昏沉。供养弥勒,奉献观音。千劫万劫,诸佛相钦。酒能破家散宅,广作邪淫。打却三盏后②,令人只是罪深。”

①语话:谈论。②打:饮食,吃。

酒为茶曰:“三文一缸,何年得富?酒通贵人,公卿所慕。曾道赵主弹琴,秦王击缶①。不可把茶请歌,不可为茶教舞。茶吃只是腰疼,多吃令人患肚②。一日打却十杯,腹胀又同衙鼓③。若也服之三年,养虾蟆得水病报。”

①赵主弹琴,秦王击缶:典出《史记·廉颇蔺相如列传》,“秦王饮酒酣,曰:‘寡人窃闻赵王好音,请奏瑟。’赵王鼓瑟。秦御史前书曰:‘某年月日,秦王与赵王会饮,令赵王鼓瑟。’蔺相如前曰:‘赵王窃闻秦王善为秦声,请奉盆缶秦王,以相娱乐。’”②患肚:腹痛。③衙鼓:衙门所悬之鼓,比喻腹胀善鸣。

茶为酒曰:“我三十成名,束带巾栉①。蓦海骑江,来朝今室。将到市廛②,安排未毕。人来买之,钱财盈溢。言下便得富饶,不在明朝后日。阿你酒昏乱,吃了多饶啾唧③。街中罗织平人④,脊上少须十七。”

①束带巾栉(zhì):穿着整齐,指入仕。②市廛(chán):店铺集中之处。③啾唧(jiū jī):吵骂大声貌。④罗织:网罗罪状,陷害无辜。平人:无罪的人。

酒为茶曰:“岂不见古人才子,吟诗尽道:渴来一盏,能养性命。又道:酒是消愁药。又道:酒能养贤。古人糟粕,今乃流传。茶贱三文五碗,酒贱盅半七文。致酒谢坐,礼让周旋①。国家音乐,本为酒泉②。终朝吃你茶水,敢动些些管弦!”

①周旋:古代行礼时进退揖让的动作。②酒泉:唐乐曲名《酒泉子》。

茶为酒曰："阿你不见道，男儿十四五，莫与酒家亲。君不见猩猩鸟①，为酒丧其身。阿你即道：茶吃发病，酒吃能养贤。即见道有酒黄酒病，不见道有茶疯茶癫。阿阇世王为酒蠱杀父害母，刘零为酒一死三年。吃了张眉竖眼，怒斗宣拳。状上只言粗豪酒醉，不曾有茶醉相言。不免求守杖子②，本典索钱③。大枷榼项，背上抛椽。便即烧香断酒，念佛求天，终生不吃，望免迍邅④。"

①猩猩鸟：《御览》引《蜀志》云："封溪县有兽曰猩猩，体似猪，面似人，音作小儿啼声。既能语，又知人姓名。人知以酒取之，猩猩觉，初暂尝之，得其味甘而饮之，终见羁缨也。"此所谓"为酒丧其身"。 ②求守杖子：向杖子求情。杖子，执行杖刑的人。 ③本典：审理本案之官吏。 ④迍邅（zhūn zhān）：处境艰险。

两个政争人我①，不知水在旁边。水为茶曰："阿你两个，何用忿忿？阿谁许你，各拟论功！言词相毁，道西说东。人生四大，地水火风。茶不得水，作何相貌？酒不得水，作甚形容？米曲干吃，损人肠胃。茶片干吃，只粝破喉咙②。万物须水，五谷之宗。上应乾象，下顺吉凶。江河淮济，有我即通。亦能漂荡天地，亦能涸煞鱼龙。尧时九年灾迹，只缘我在其中。感得天下亲奉③，万姓依从。犹自不说能圣，两个何用争功？从今以后，切须和同。酒店发富，茶坊不穷。长为兄弟，须得始终。若人读之一本，永世不害酒癫茶风④。"

①政：正。 ②粝（lì）：读作"蓺"，割，划。 ③感得：使得。 ④风：同"疯"。

第三章　宋代茶文学

继唐以后，宋代饮茶之风更加普及，上流社会嗜茶成风，王公贵族乐此不疲，连皇帝也常亲手点茶，分赐臣子，以示恩宠。宋徽宗赵佶著《大观茶论》说茶“祛襟涤滞，致清导和”，“冲澹简洁，韵高致静”，故“雅尚相推，从事茗饮”。此时建州成为贡茶产制中心，北苑贡茶大放异彩，极大展现了“采择之精，制作之工，品第之胜，烹点之妙”。欧阳修《归田录》：“庆历中，蔡君谟为福建路转运使，始造小片龙茶以进，其品绝精，谓之小团，凡二十饼重一斤，其价直金二两(编者按：此处“直”即“值”)。然金可有，而茶不可得。每因南郊致斋，中书枢密院各赐一饼，四人分之，宫人往往缕金花于其上，盖其贵重如此。”因此它成为当时文人追捧与歌颂的茶品。

宋代茶事以点茶、斗茶著，是将团饼茶碾成茶末后，置于茶盏中，边注汤边以茶匙或茶筅击拂搅拌而后饮。斗茶，也称茗战，胜负要诀主要包括茶质的优劣、茶色的鉴别和点茶技术的高拙。在茶文学作品中，亦见斗茶之雄壮、分茶之幻美。如范仲淹的《和章岷从事斗茶歌》“黄金碾畔绿尘飞，紫玉瓯心翠涛起。斗余味兮轻醍醐，斗余香兮薄兰芷。”杨万里《澹庵坐上观显上人分茶》“分茶何似煎茶好，煎茶何似分茶巧。……二者相遭兔瓯面，怪怪奇奇真善幻。”等等。需特别指出的是苏轼的作品，以其多样的题材，为茶文学创作增添不少意境。他深谙煎茶之道，“蟹眼已过鱼眼生，飕飕欲作松风鸣”；以茶喻人，说建茶“一一天与君子性”，写《叶嘉传》，言茶“风味恬淡，清白可爱”；又以茶书写平生，叹“人间有味是清欢”。这些是理解茶与文人关系的重要素材。

王禹偁

王禹偁(954—1001)，济州巨野(今属山东)人，字元之。太平兴国进士。九岁能文，后有诗名。有《小畜集》二十卷、《承明集》十卷、《集议》十卷等。

陆羽泉茶[1]

甃石封苔百尺深[2]，试茶尝味少知音。唯余半夜泉中月，留得先生一片心。

①陆羽泉：相传陆羽见虎丘山泉清冽甘甜，嘱人于虎丘“千人石”西挖泉井一眼。后人称之为“陆羽泉”“陆羽井”。《舆地纪胜・江南・平江府》：“陆羽泉，在吴县西北九里，陆鸿渐尝烹茶于此，言天下第三水也。” ②甃(zhòu)石：砌石，垒石为壁。

龙凤茶

样标龙凤号题新，赐得还因作近臣。烹处岂期商岭外[①]，碾时空想建溪春[②]。香于九畹芳兰气[③]，圆似三秋皓月轮。爱惜不尝惟恐尽，除将供养白头亲[④]。

①商岭：商山，在今陕西商县。淳化二年(991)，王禹偁被贬为商州团练副使。 ②建溪：水名，为闽江北源。其地产名茶，号建茶。 ③九畹：《离骚》：“余既滋兰之九畹兮，又树蕙之百亩。”十二亩或三十亩曰畹。 ④白头亲：年老的父母。

丁 谓

丁谓(966—1037)，苏州长洲(今属江苏)人，字谓之，后改字公言。淳化进士。咸平中，任福建路漕使，创龙凤团茶充贡。撰《北苑茶录》录其团焙之数，图绘器具，及叙采制入贡法式，今已不传。

煎 茶

开缄试雨前[①]，须汲远山泉。自绕风炉立，谁听石碾眠。轻微缘入麝[②]，猛沸却如蝉[③]。罗细烹还好，铛新味更全。花随僧箸破[④]，云逐客瓯圆。痛惜藏书箧，坚留待雪天。睡醒思满啜，吟困忆重煎。只此消尘虑，何须作酒仙。

①雨前：即雨前茶。 ②麝：香药名，麝香。史浩《南歌子・熟水》：“藻涧蟾光动，松风蟹眼鸣。浓熏沉麝入金瓶。泻出温温一盏、涤烦膺。”胡奎《何本先以天香茶见惠奉赋一首》：“饼制龙团小，书封白绢斜。奇芬疑入麝，古字学盘蛇。” ③猛沸却如蝉：形容水沸的声音。张又新《谢庐山僧寄谷帘水》：“育花浮晚菊，沸沫响秋蝉。” ④箸：搅拌茶汤之用。

范仲淹

范仲淹(989—1052),吴县(今属江苏)人,字希文。少年时家贫,但好学,当秀才时就常以天下为己任,有敢言之名。工诗文及词,晚年所作《岳阳楼记》,有“先天下之忧而忧,后天下之乐而乐”之语,为世所传诵。有《范文正公集》。

和章岷从事斗茶歌

年年春自东南来,建溪先暖冰微开。溪边奇茗冠天下,武夷仙人从古栽。新雷昨夜发何处,家家嬉笑穿云去。露芽错落一番荣,缀玉含珠散嘉树[①]。终朝采掇未盈襜[②],唯求精粹不敢贪。研膏焙乳有雅制,方中圭兮圆中蟾[③]。北苑将期献天子,林下雄豪先斗美。鼎磨云外首山铜[④],瓶携江上中零水[⑤]。黄金碾畔绿尘飞,紫玉瓯心翠涛起。斗余味兮轻醍醐,斗余香兮薄兰芷。其间品第胡能欺,十目视而十手指。胜若登仙不可攀,输同降将无穷耻。吁嗟天产石上英,论功不愧阶前蓂[⑥]。众人之浊我可清[⑦],千日之醉我可醒[⑧]。屈原试与招魂魄,刘伶却得闻雷霆。卢仝敢不歌,陆羽须作经。森然万象中,焉知无茶星[⑨]。商山丈人休茹芝[⑩],首阳先生休采薇[⑪]。长安酒价减千万,成都药市无光辉。不如仙山一啜好,泠然便欲乘风飞。君莫羡花间女郎只斗草[⑫],赢得珠玑满斗归。

(明)唐寅:斗茶图

①嘉树：指茶树。陆羽《茶经》："茶者，南方之嘉木也。" ②襜：系在身前的围裙。《诗经》："终朝采蓝，不盈一襜。" ③方中圭兮圆中蟾：指茶的形状，方形如圭，圆形如月。蟾代指月亮，因传说月中有蟾蜍。 ④首山铜：黄帝铸鼎炼丹，曾采铜此山。 ⑤中零水：亦称"南零"，在今江苏镇江市西北，有"天下第一泉"之称。 ⑥蓂：蓂荚，古代传说中一种表示祥瑞的草。 ⑦众人之浊：《渔父》有"举世皆浊我独清"之句。 ⑧千日之醉：化用刘伶典故。刘伶，竹林七贤之一，嗜酒。见皮日休《茶中杂咏·煮茶》"千日醉"注。 ⑨茶星：绝品之茶。⑩商山丈人：秦末东园公、绮里季、夏黄公、甪里先生，避秦乱，隐商山，年皆八十有余。⑪首阳先生：伯夷、叔齐独行其志，耻食周粟，饿死首阳山。 ⑫斗草：一种古代游戏。竞采花草，比赛多寡优劣，常于端午举行。

宋 祁

宋祁(998—1061)，开封雍丘(今河南杞县)人，字子京，宋庠之弟。天圣进士。能文，撰《大乐图》二卷，文集百卷。

答朱彭州惠茶长句

芳茗标图旧，灵芽荐味新①。摘侵云崦晓②，收尽露腴春。焙煖烘苍爪③，罗香弄缥尘。铛浮汤目遍，瓯涨乳花匀。和要琼为屑，烹须月取津。饮荈闻药录④，奴酪笑伧人⑤。雪沫清吟肺，冰瓷爽醉唇。嗅香殊太觕⑥，瘠气定非真⑦。坐忆丹丘伴⑧，堂思陆纳宾⑨。由来撤腻鼎⑩，讵合燎劳薪⑪。得句班条暇⑫，分甘捉麈晨⑬。二珍同一饷，嘉惠愧良邻。

①灵芽：指茶叶，柳宗元《巽上人以竹间自采新茶见赠酬之以诗》："复此雪山客，晨朝掇灵芽。" ②云崦(yān)：云雾缭绕的山峦。 ③苍爪：指茶叶，陆游《试茶》："苍爪初惊鹰脱鞲，得汤已见玉花浮。" ④药录：录存方剂的典籍，亦泛指现存的药方。自注：《本草》："茗以茱萸饮佳。" ⑤伧人：晋南北朝时，南人对北人的蔑称。此句用典，出自《后魏录》："琅琊王肃仕南朝，好茗饮、莼羹。及还北地，又好羊肉、酪浆。人或问之：'茗何如酪？'肃曰：'茗不堪与酪为奴。'" ⑥觕：粗。陆羽《茶经》："嚼味嗅香，非别也。" ⑦瘠气：损削元气。刘肃《大唐新语·褒锡》："(右补阙毋煚)性不饮茶，其略曰：'释滞消壅，一日之利暂佳；瘠气侵精，终身之累斯大。'" ⑧丹丘：指仙家道人。 ⑨陆纳：字祖言，东晋吴郡吴县(今江苏苏州)人。官至尚书令，廉洁有操守。《晋中兴书》："陆纳为吴兴太子时，卫将军谢安常欲诣纳。纳兄子

俶怪纳无所备,不敢问之,乃私蓄十数人馔。安既至,所设唯茶果而已。俶遂陈盛馔,珍馐毕具。及安去,纳杖俶四十,云:'汝既不能光益叔父,奈何秽吾素业!'" ⑩腻鼎:陆羽《茶经》:"膻鼎腥瓯,非器也。" ⑪劳薪:刘义庆《世说新语·术解》:"荀勖尝在晋武帝坐上食笋进饭,谓在坐人曰:'此是劳薪炊也。'坐者未之信,密遣问之,实用故车脚。"陆羽《茶经》:"其火,用炭,次用劲薪。其炭,曾经燔炙,为膻腻所及,及膏木、败器,不用之。古人有劳薪之味,信哉!" ⑫班条:亦作颁条,颁布政令条文,即为政一方。 ⑬捉麈(zhǔ):麈,古书上指鹿一类的动物,其尾可做拂尘。《晋书·王衍传》:"衍妙善玄言,唯谈老庄为事。每捉玉柄麈尾,与手同色。"

梅尧臣

梅尧臣(1002—1060),宣州宣城(今属安徽)人,字圣俞,世称"宛陵先生"。少即能诗,与苏舜钦齐名,时号"苏梅"。为诗主张写实,反对西昆体,所作力求平淡、含蓄。有《宛陵先生文集》《唐载记》《毛诗小传》等。

依韵和杜相公谢蔡君谟寄茶

天子岁尝龙焙茶,茶官催摘雨前牙。团香已入中都府,斗品争传太傅家①。小石冷泉留早味②,紫泥新品泛春华③。吴中内史才多少④,从此莼羹不足夸⑤。

①太傅:官名,辅导太子的官。 ②小石:量器。 ③紫泥:指酱釉茶盏。梅尧臣《次韵和永叔尝新茶杂言》:"兔毛紫盏自相称,清泉不必求虾蟆。" ④内史:官名,掌民政。这里指张翰,字季鹰。西晋文学家,吴郡吴江(今江苏苏州)人。《世说新语·识鉴》:"张季鹰辟齐王东曹掾,在洛,见秋风起,因思吴中菰菜羹、鲈鱼脍,曰:'人生贵得适意尔,何能羁宦数千里以要名爵!'遂命驾便归。俄而齐王败,时人皆谓为见机。" ⑤莼羹:莼菜做的羹。指代故乡菜肴。

尝茶和公仪

都蓝携具向都堂①,碾破云团北焙香。汤嫩水轻花不散,口甘神爽味偏长。莫夸李白仙人掌②,且作卢仝走笔章③。亦欲清风生两腋,从教吹去月轮傍。

①都蓝：亦作"都篮"，收纳茶器的篮子，陆羽《茶经》："都篮，以悉设诸器而名之。"　②李白仙人掌：指李白《答族侄僧中孚赠玉泉仙人掌茶》诗。　③卢仝走笔章：指卢仝《走笔谢孟谏议寄新茶》诗。

次韵和永叔尝新茶杂言

自从陆羽生人间，人间相学事春茶。当时采摘未甚盛，或有高士烧竹煮泉为世夸[①]。入山乘露掇嫩嘴[②]，林下不畏虎与蛇。近年建安所出胜，天下贵贱求呀呀[③]。东溪北苑供御余，王家叶家长白牙[④]。造成小饼若带铐[⑤]，斗浮斗色倾夷华。味久回甘竟日在，不比苦硬令舌窊[⑥]。此等莫与北俗道，只解白土和脂麻[⑦]。欧阳翰林最别识，品第高下无欹斜[⑧]。晴明开轩碾雪末[⑨]，众客共赏皆称嘉。建安太守置书角，青蒻包封来海涯[⑩]。清明才过已到此，正见洛阳人寄花。兔毛紫盏自相称，清泉不必求虾蟆[⑪]。石瓶煎汤银梗打[⑫]，粟粒铺面人惊嗟[⑬]。诗肠久饥不禁力，一啜入腹鸣咿哇。

①高士：指隐居不仕或修炼者。　②嫩嘴：指茶叶。　③呀呀：张口貌。　④王家叶家长白牙：指白叶茶。据宋子安《东溪试茶录》载，白叶茶自王家者有王大照，自叶家者有叶仲元、叶久等。苏轼《寄周安孺茶》："自云叶家白，颇胜中山醁。"　⑤带铐：亦作"带胯"，佩带上衔蹀躞之环，用以挂弓矢刀剑。此处比喻茶饼。　⑥窊(wā)：卷缩。　⑦白土：石灰岩的一种。脂麻：芝麻。　⑧欹(qī)斜：倾斜。　⑨雪末：指茶末如雪。　⑩青蒻：即箬叶，包藏茶叶之用。蔡襄《茶录》："茶宜箬叶而畏香药，喜温燥而忌湿冷。故收藏之家，以箬叶封裹入焙中，两三日一次，用火常如人体温温，以御湿润。"　⑪虾蟆：泉名。张又新《煎茶水记》："峡州扇子山下有石突然，洩水独清冷，状如龟形，俗云虾蟆口水，第四。"　⑫银梗：茶匙。　⑬粟粒铺面：指点茶时盏面之象。赵佶《大观茶论》："三汤多寡如前，击拂渐贵轻匀，周环旋复，表里洞彻，粟文蟹眼，泛结杂起，茶之色十已得其六七。"

南有嘉茗赋

南有山原兮不凿不营[①]，乃产嘉茗兮嚣此众氓[②]。土膏脉动兮雷始发声，万木之气未通兮此已吐乎纤萌[③]。一之日雀舌露[④]，掇而制之以奉乎王庭。二之日鸟喙长，撷而焙之以备乎公卿。三之日枪旗耸，搴而炕之将求乎利赢[⑤]。四之日嫩茎茂，团而范之来充乎赋征[⑥]。当此时也，女废蚕织，男废农耕，夜不得息，昼不得停。取之由一叶而至一掬，输之若百谷之赴巨溟[⑦]。华夷蛮貊[⑧]，固日饮而无厌；富贵贫贱，不时啜而不宁。所以小民冒险而竞鬻[⑨]，孰谓峻法之与严刑。呜呼！古者圣人为之丝枲缔绤而民始衣[10]，播之禾麰菽粟而民不饥[11]，畜之牛羊犬豕而甘脆不遗[12]，调之辛酸咸苦而五味适宜，造之酒醴而宴飨之，树之果蔬而荐羞之[13]，于兹可谓备矣。何彼茗无一胜焉，而竞进于今之时？抑非近世之人，体惰不勤，饱食粱肉，坐以生疾，藉以灵荈而消腑胃之宿陈？若然，则斯茗也不得不谓之无益于尔身，无功于尔民也哉。

①不菑不营：不用耕种不必经营。 ②嚣此众氓：使百姓聚集于此喧闹不止。 ③纤萌：指茶芽。 ④一之日：一月之日。周历一月为农历十一月。下“二之日”，农历十二月，以此类推。雀舌与下文之“鸟喙”“枪旗”“嫩茎”皆指茶叶。 ⑤搴(qiān)：采摘。炕：烘烤。 ⑥团而范之：以模具压制茶叶成饼。 ⑦百谷：指众谷之水。巨溟：大海。 ⑧华夷蛮貊：指汉族与少数民族。 ⑨竞鬻：竞相售卖。 ⑩丝枲(xǐ)：丝麻。缔绤(chī xì)：葛布。葛之细者曰缔，粗者曰绤。 ⑪禾麰(móu)：稻子与大麦。菽粟：大豆和小米。 ⑫甘脆：味美的食物。 ⑬荐羞：指进献美味的食品。

文彦博

文彦博(1006—1097)，汾州介休(今属山西)人，字宽夫。仁宗天圣五年(1027)进士。有《潞公集》。

和公仪湖上烹蒙顶新茶作[1]

蒙顶露牙春味美[2]，湖头月馆夜吟清。烦酲涤尽冲襟爽[3]，暂适萧然物外情。

①公仪：梅挚(994—1059)，字公仪，北宋成都府新繁县人，仁宗天圣五年(1027)进士。②蒙顶露牙：即“蒙顶露芽”，茶名。春味：春茶的滋味。 ③烦酲(chéng)：形容内心烦躁或激动，有如酒醉。宋徽宗《大观茶论》：“至若茶之为物，……祛襟涤滞，致清导和。”

欧阳修

欧阳修(1007—1072)，吉州吉水(今属江西)人，字永叔，号“醉翁”，晚号“六一居士”。

博学多能，有志于史学、文学，撰成《新五代史》，奉诏与宋祁等修《新唐书》，写成《集古录》等。有《欧阳文忠公文集》。

尝新茶呈圣俞

建安三千里，京师三月尝新茶。人情好先务取胜，百物贵早相矜夸。年穷腊尽春欲动，蛰雷未起驱龙蛇。夜闻击鼓满山谷，千人助叫声喊呀。万木寒痴睡不醒，惟有此树先萌芽。乃知此为最灵物，疑其独得天地之英华。终朝采摘不盈掬，通犀銙小圆复窊[①]。鄙哉谷雨枪与旗，多不足贵如刈麻[②]。建安太守急寄我，香蒻包裹封题斜。泉甘器洁天色好，坐中拣择客亦嘉。新香嫩色如始造，不似来远从天涯。停匙侧盏试水路，拭目向空看乳花。可怜俗夫把金锭[③]，猛火炙背如虾蟆[④]。由来真物有真赏，坐逢诗老频咨嗟[⑤]。须臾共起索酒饮，何异奏雅终淫哇[⑥]。

①通犀：犀角的一种。这里比喻茶之形状。 ②枪与旗：指茶叶。宋以芽茶为上。此句言谷雨时节枪旗已不足贵，多如割麻。 ③金锭：这里指京铤茶。原注：锭，一作“挺”，一作“铤”。《茶录》多用“挺”字，为古。 ④猛火炙背如虾蟆：陆羽《茶经》：炙茶，“持以逼火，屡其翻正，候炮出培塿，状虾蟆背”。 ⑤诗老：指梅尧臣。咨嗟：赞叹。 ⑥淫哇：淫邪之声，多指乐曲诗歌。

和梅公仪尝茶

溪山击鼓助雷惊[①]，逗晓灵芽发翠茎[②]。摘处两旗香可爱，贡来双凤品尤精[③]。寒侵病骨惟思睡，花落春愁未解醒。喜共紫瓯吟且酌[④]，羡君萧洒有余清。

①击鼓：欧阳修《尝新茶呈圣俞》：“夜闻击鼓满山谷，千人助叫声喊呀。” ②逗晓：破晓，天刚亮。 ③双凤：贡茶名。 ④紫瓯：酱釉的茶盏。

赵 抃

赵抃(1008—1084)，衢州西安(今浙江衢州)人，字阅道。第进士。有《赵清献集》。

次韵许少卿寄卧龙山茶[①]

越芽远寄入都时,酬倡珍夸互见诗。紫玉丛中观雨脚[②],翠峰顶上摘云旗[③]。啜多思爽都忘寐,吟苦更长了不知。想到明年公进用,卧龙春色自迟迟[④]。

①许少卿:许遵,字仲涂,泗州人,第进士,又中明法,擢大理寺详断官,知长兴县。②紫玉:紫竹的别名。雨脚:茶名。③云旗:指茶叶。④卧龙:卧龙山,位于浙江绍兴市西隅。迟迟:阳光温暖、光线充足的样子。

朝奉郎右正言同修起居注臣蔡襄上進
臣前因奏事伏蒙
陛下諭臣先任福建轉運使日所進上品龍
茶最為精好臣退念艸木之微首辱
陛下知鑒若處之得地則能盡其材昔陸羽
茶經不第建安之品丁謂茶圖獨論採造之
本至於烹試曾未有聞臣輒條數事簡而易
明勒成二篇名曰茶錄伏惟
清閒之宴或賜觀采臣不勝惶懼榮幸之至

(宋)蔡襄:《茶录》拓本(局部)

蔡　襄

蔡襄(1012—1067),兴化仙游(今属福建)人,字君谟。仁宗天圣八年(1030)进士。庆历三年(1043)知谏院,直言疏论时事。后出知福州,改福建路转运使。皇祐四年(1052)进知制诰,每除授非当旨,必封还之。至和、嘉祐间,历知开封府、福州、泉州,建万安桥。入为翰林学士、三司使。英宗朝以母老求知杭州。卒谥忠惠。工书法,诗文清妙。有《茶录》《荔枝谱》《蔡忠惠集》。

即惠山泉煮茶

此泉何以珍,适与真茶遇。在物两称绝,于予独得趣。鲜香箸下云,甘滑杯中露。当能变俗骨,岂特湔尘虑①。昼静清风生,飘萧入庭树。中含古人意,来者庶冥悟②。

①湔(jiān):洗。　②冥悟:谓从蒙昧中省悟。

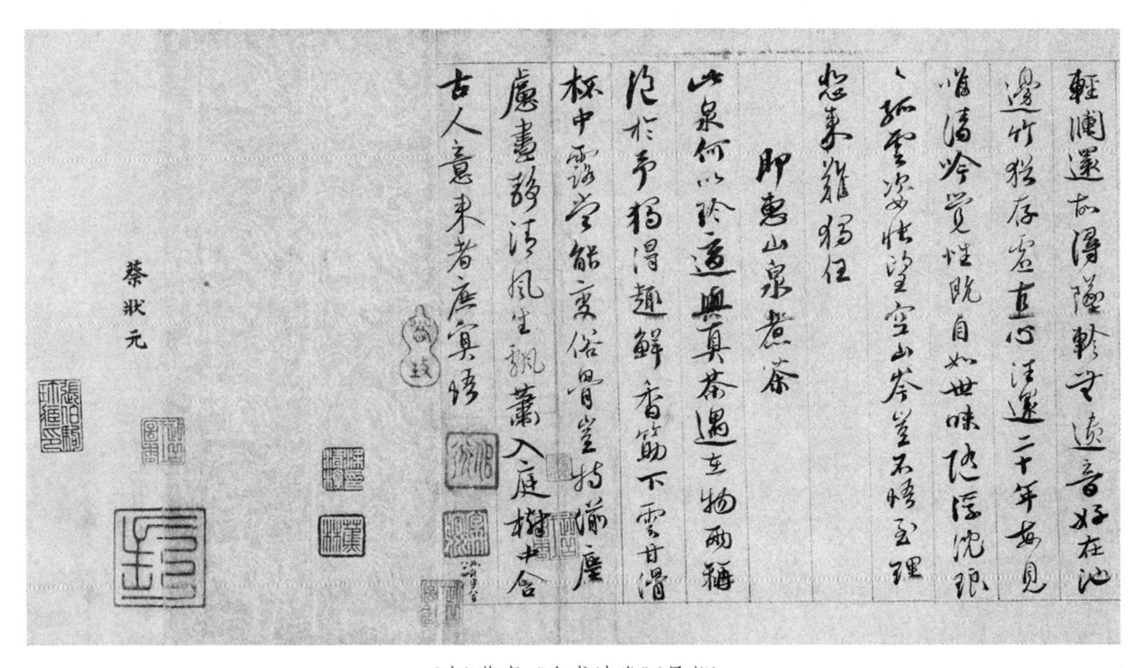

(宋)蔡襄:《自书诗卷》(局部)

王安石

王安石(1021—1086),抚州临川(今江西抚州)人,字介甫,号半山,谥文,封荆国公。世人又称"王荆公"。有《王文公文集》《临川先生文集》等。

寄茶与平甫

碧月团团堕九天，封题寄与洛中仙①。石楼试水宜频啜，金谷看花莫漫煎②。

①洛中仙：指王安国，平甫是其字。北宋诗人，王安石胞弟，与王安礼、王雱并称为“临川三王”。　②金谷：即金谷园，为晋代石崇别墅。

郭祥正

郭祥正(1035—1113)，当涂(今属安徽)人，字功父，一作功甫，自号谢公山人、醉引居士、净空居士、漳南浪士等。仁宗皇祐五年(1053)进士，历官秘书阁校理、太子中舍、汀州通判、朝请大夫等，虽仕于朝，不营一金，所到之处，多有政声。他的诗风纵横奔放，酷似李白。有《青山集》。

休师携茶相过二首

(一)

世情弹指旋成尘，物外论交只与君。试拣松阴投石坐，一杯分我建溪云①。

①建溪云：代指建茶。

(二)

晚风吹坐忽生凉，旋碾新茶与客尝。我本无心无所证，沉烟何事结圆光①。

①沉烟何事结圆光：自注：坐中香烟结成圆相，放青黄白三色宝光。

谢君仪寄新茶二首(其二)

北苑藏和气，生成绝品茶。岂宜分旅馆，只合在仙家。点处成云蕊①，看时变雪花。琳琅得新句，又胜玉川夸②。

①云蕊：指点茶时茶汤纹路如云蕊，下文“雪花”同。　②玉川：卢仝。

苏　轼

苏轼(1037—1101),眉州眉山(今属四川)人,字子瞻,号东坡居士。举进士,复举制科。追谥文忠。与父洵、弟辙合称“三苏”,均入“唐宋八大家”之列。有“东坡七集”、《东坡志林》《东坡乐府》等。

试院煎茶

蟹眼已过鱼眼生,飕飕欲作松风鸣①。蒙茸出磨细珠落,眩转绕瓯飞雪轻。银瓶泻汤夸第二,未识古人煎水意②。君不见昔时李生好客手自煎③,贵从活火发新泉。又不见今时潞公煎茶学西蜀④,定州花瓷琢红玉⑤。我今贫病长苦饥,分无玉碗捧蛾眉⑥。且学公家作茗饮⑦,砖炉石铫行相随。不用撑肠拄腹文字五千卷,但愿一瓯常及睡足日高时。

①飕飕:象声词。形容风声雨声。　②未识古人煎水意:自注:古语云:“煎水不煎茶。”　③李生:指李约,温庭筠《采茶录》:“李约性能辨茶,常曰:‘茶须缓火炙,活火煎。’”　④潞公:指文彦博,北宋大臣,封潞国公。　⑤定州:今湖北定县。宋时的定州窑烧的瓷器,十分珍贵。　⑥分无:即无缘。玉碗捧蛾眉:即“蛾眉捧玉碗”。蛾眉,代指美女。　⑦公家:指公卿之家。

月兔茶

环非环①,玦非玦②,中有迷离玉兔儿。一似佳人裙上月,月圆还缺缺还圆,此月一缺圆何年。君不见斗茶公子不忍斗小团③,上有双衔绶带双飞鸾④。

①环:中央有孔的圆形佩玉。　②玦:半环形有缺口的佩玉。　③小团:宋代作为贡品的精制茶叶。欧阳修《归田录》:“茶之品莫贵于龙凤,谓之团茶。庆历中,蔡君谟为福建路转运使,始造小片龙茶以进,其品绝精,谓之小团,凡二十饼重一斤,其价直金二两。”　④鸾:传说凤凰一类的鸟。

和钱安道寄惠建茶

我官于南今几时,尝尽溪茶与山茗。胸中似记故人面,口不能言心自省。为君细说我未暇，试评其略差可听。建溪所产虽不同，一一天与君子性。森然可爱不可慢，骨清肉腻和且正[①]。雪花雨脚何足道[②]，啜过始知真味永。纵复苦硬终可录，汲黯少戆宽饶猛[③]。草茶无赖空有名[④]，高者妖邪次顽懭[⑤]。体轻虽复强浮沉，性滞偏工呕酸冷。其间绝品岂不佳，张禹纵贤非骨鲠[⑥]。葵花玉銙不易致[⑦]，道路幽险隔云岭。谁知使者来自西，开缄磊落收百饼[⑧]。嗅香嚼味本非别[⑨]，透纸自觉光炯炯。秕糠团凤友小龙[⑩]，奴隶日注臣双井[⑪]。收藏爱惜待佳客，不敢包裹钻权幸。此诗有味君勿传，空使时人怒生瘿[⑫]。

①森然：严正有风骨。腻：细腻。 ②雪花、雨脚：茶名。 ③苦硬：苦，更，甚。硬，茶性猛烈。汲黯、少戆、宽饶：皆刚直之人。此句以人的性格喻茶性。 ④草茶：宋代蒸研后不经过压榨去膏汁的茶。无赖：可爱。 ⑤妖邪：怪异。顽懭：凶而下劣。 ⑥骨鲠：刚直。 ⑦葵花玉銙：北苑贡茶。 ⑧磊落：多。 ⑨嗅香嚼味：陆羽《茶经》："嚼味嗅香，非别也。"此句言建茶品质优异，透纸可见光彩。 ⑩秕糠：秕子和米糠。比喻烦琐或无价值的事物。团凤：团凤茶。小龙：小龙茶。此句以团凤茶、小龙茶对比葵花玉銙茶。下句同。 ⑪日注：亦作"日铸"，草茶中的极品。双井：洪州双井白芽，其品质远出日注。此句以建茶与日注、双井作类比，以日注为奴，以双井为臣。 ⑫怒生瘿：多因郁怒忧思过度而得病。

种　茶

松间旅生茶[①]，已与松俱瘦。茨棘尚未容[②]，蒙翳争交构[③]。天公所遗弃，百岁仍稚幼。紫笋虽不长，孤根乃独寿。移栽白鹤岭，土软春雨后。弥旬得连阴[④]，似许晚遂茂。能忘流转苦，戢戢出鸟咮[⑤]。未任供臼磨，且可资摘嗅。千团输太官[⑥]，百饼衒私斗[⑦]。何如此一啜[⑧]，有味出吾囿[⑨]。

①旅生：野生，不种而生。 ②茨棘：蒺藜与荆棘。泛指杂草。 ③蒙翳：遮蔽，覆盖。 ④弥旬：满十天。 ⑤戢(jí)戢：密集貌。鸟咮(zhòu)：鸟嘴，指茶叶。 ⑥太官：官名，掌皇帝膳食及燕享之事。 ⑦衒(xuàn)：沿街叫卖、贩卖。 ⑧何如：不如。 ⑨囿(yòu)：这里指茶园。

汲江煎茶

活水还须活火烹[①]，自临钓石取深清。大瓢贮月归春瓮，小杓分江入夜瓶。雪乳已翻煎处脚，松风忽作泻时声。枯肠未易禁三碗[②]，坐听荒城长短更。

①活水还须活火烹：集本注："唐人云：茶须缓火炙，活火煎。"　②枯肠未易禁三碗：卢仝《走笔谢孟谏议寄新茶》："三碗搜枯肠，唯有文字五千卷。"

望江南

春未老，风细柳斜斜。试上超然台上看①，半壕春水一城花。烟雨暗千家。

寒食后，酒醒却咨嗟②。休对故人思故国，且将新火试新茶。诗酒趁年华。

①超然台：神宗熙宁七年（1074）秋，苏轼由杭州移守密州（今山东诸城）。次年八月，他命人修葺城北旧台，并由其弟苏辙题名"超然"，取《老子》"虽有荣观，燕处超然"之义。②咨嗟：叹息。

西江月

龙焙今年绝品，谷帘自古珍泉。雪芽双井散神仙。苗裔来从北苑①。

汤发云腴酽白②，盏浮花乳轻圆。人间谁敢更争妍。斗取红窗粉面③。

①苗裔：子孙后代。此句言雪芽双井茶源自北苑。　②云腴：茶名。黄庭坚《双井茶送子瞻》："我家江南摘云腴，落硙霏霏雪不如。"　③斗取：对着。

行香子·茶词

绮席才终①，欢意犹浓。酒阑时、高兴无穷。共夸君赐，初拆臣封。看分香饼，黄金缕，密云龙②。

斗赢一水③，功敌千钟。觉凉生、两腋清风。暂留红袖，少却纱笼。放笙歌散，庭馆静，略从容。

①绮席：盛美的筵席。　②密云龙：茶名。蔡绦《铁围山丛谈》卷六："'密云龙'者，其云纹细密，更精绝于小龙团也。"　③一水：蔡襄《茶录》："视其面色鲜白，著盏无水痕为绝佳。建安斗试，以水痕先没者为负，耐久者为胜，故较胜负之说，曰相去一水两水。"

浣溪沙

元丰七年十二月二十四日，从泗州刘倩叔游南山①。

细雨斜风作小寒，淡烟疏柳媚晴滩②。入淮清洛渐漫漫③。

雪沫乳花浮午盏，蓼茸蒿笋试春盘④。人间有味是清欢⑤。

①泗州：安徽泗县。南山：在泗州附近，淮河南岸。 ②晴滩：指南山附近的十里滩。③洛：安徽洛河。漫漫：平缓貌。 ④蓼茸：蓼菜嫩芽。试春盘：古代风俗，立春日以韭黄、果品、饼饵等簇盘为食，或馈赠亲友，谓"春盘"。因时近立春，故此云"试"。 ⑤清欢：清雅恬适之乐。

叶嘉传

叶嘉①，闽人也，其先处上谷②。曾祖茂先，养高不仕，好游名山，至武夷，悦之，遂家焉。尝曰："吾植功种德，不为时采，然遗香后世，吾子孙必盛于中土，当饮其惠矣。"茂先葬郝源③，子孙遂为郝源民。至嘉，少植节操。或劝之业武，曰："吾当为天下英武之精，一枪一旗，岂吾事哉？"因而游，见陆先生④。先生奇之，为著其行录传于时。方汉帝嗜阅经史时，建安人为谒者侍上⑤，上读其行录而善之，曰："吾独不得与此人同时哉⑥！"曰："臣邑人叶嘉，风味恬淡，清白可爱，颇负其名，有济世之才，虽羽知犹未详也。"上惊，敕建安太守召嘉，给传遣诣京师⑦。

①叶嘉：茶叶之戏称。陆羽《茶经》："茶者，南方之嘉木也。" ②上谷：旧郡名，今河北易县一带。 ③郝源：即壑源，在今福建建瓯。 ④陆先生：指陆羽。 ⑤建安：今福建建瓯。⑥吾独不得与此人同时哉：典出《史记·司马相如列传》："蜀人杨得意为狗监，侍上。上读《子虚赋》而善之，曰：'朕独不得与此人同时哉！'得意曰：'臣邑人司马相如自言为此赋。'上惊，乃召问相如。" ⑦传：驿站上所备的马车。

郡守始令采访嘉所在，命赍书示之①。嘉未就，遣使臣督促。郡守曰："叶先生方闭门制作，研味经史，志图挺立，必不屑进，未可促之。"亲至山中，为之劝驾，始行登车。遇相者揖之，曰："先生容质异常，矫然有龙凤之姿②，后当大贵。"嘉以皂囊上封事③。天子见之，曰："吾久饫卿名④，但未知其实尔，我其试哉！"因顾谓侍臣曰："视嘉容貌如铁，资质刚劲，难以遽用，必槌提顿挫之乃可[⑤]。”遂以言恐嘉曰：“碪斧在前[⑥]，鼎镬在后[⑦]，将以烹子，子视之如何？”嘉勃然吐气曰：“臣山薮猥士[⑧]，幸惟陛下采择至此，可以利生，虽粉身碎骨[⑨]，臣不辞也！”上笑，命以名曹处之[⑩]，又加枢要之务焉。因诫小黄门监之[⑪]。有顷，报曰：“嘉之所为，犹若粗疏然。”上曰：“吾知其才，第以独学，未经师耳[⑫]。”嘉为之，屑屑就师[⑬]。顷刻就事，已精熟矣。

①赍(jī)书：送信。　②矫然：坚劲的样子。龙凤之姿：暗寓后世有龙凤团茶之制。　③皂囊：黑绸口袋。汉制，群臣上章奏，如事涉秘密，则以皂囊封之。封事：密封的奏章。　④饫(yù)：饱食，此处引申为听闻。　⑤槌(chuí)提：弃掷，抨击。顿挫：摧折，使受挫折。　⑥碪(zhēn)斧：砧板和斧钺。　⑦鼎镬(huò)：古代以鼎镬烹煮罪犯的酷刑。　⑧山薮(sǒu)：山野草莽。猥士：鄙贱之士。　⑨粉身碎骨：指茶叶被碾研。　⑩曹：古代分科办事的官署部门或官职。　⑪小黄门：汉代宫中执役的人，地位较中常侍低。　⑫师：暗喻“筛”，罗茶之用。此处指叶嘉之粗疏，经罗筛后转为精熟。　⑬屑屑：匆忙的样子。

上乃敕御史欧阳高、金紫光禄大夫郑当时、甘泉侯陈平三人与之同事[①]。欧阳疾嘉初进有宠，曰：“吾属且为之下矣。”计欲倾之。会皇帝御延英促召四人[②]，欧但热中而已，当时以足击嘉，而平亦以口侵陵之。嘉虽见侮，为之起立，颜色不变。欧阳悔曰：“陛下以叶嘉见托，吾辈亦不可忽之也。”因同见帝，阳称嘉美而阴以轻浮訾之[③]。嘉亦诉于上。上为责欧阳，怜嘉，视其颜色，久之，曰：“叶嘉真清白之士也。其气飘然，若浮云矣。”遂引而宴之。少间，上鼓舌欣然，曰：“始吾见嘉，未甚好也，久味其言，令人爱之，朕之精魄，不觉洒然而醒。《书》曰：‘启乃心，沃朕心[④]。’嘉之谓也。”于是封嘉钜合侯，位尚书，曰：“尚书，朕喉舌之任也。”由是宠爱日加。朝廷宾客遇会宴享，未始不推于嘉。上日引对，至于再三。

①欧阳高、郑当时、陈平：《汉书》皆有其传。　②延英：即延英殿，唐宫殿名。　③訾(zī)：毁谤，非议。　④启乃心，沃朕心：《尚书·说命》：“启乃心，沃朕心。”孔颖达疏：“当开汝心所有，以灌沃我心，欲令以彼所见，教己未知故也。”后因以“启沃”谓竭诚开导、辅佐君王。

后因侍宴苑中，上饮逾度，嘉辄苦谏[①]。上不悦，曰：“卿司朕喉舌，而以苦辞逆我，余岂堪哉？”遂唾之，命左右仆于地。嘉正色曰：“陛下必欲甘辞利口然后爱耶？臣虽言苦，久则有效。陛下亦尝试之，岂不知乎？”上顾左右曰：“始吾言嘉刚劲难用，今果见矣。”因含容之，然亦以是疏嘉。

①苦谏：苦心竭力地规劝。暗寓茶之苦口。

嘉既不得志，退去闽中，既而曰："吾未如之何也，已矣。"上以不见嘉月余，劳于万机，神薾思困[1]，颇思嘉。因命召至，喜甚，以手抚嘉曰："吾渴见卿久矣。"遂恩遇如故。上方欲南诛两越，东击朝鲜，北逐匈奴，西伐大宛，以兵革为事。而大司农奏计国用不足[2]。上深患之，以问嘉。嘉为进三策，其一曰：榷天下之利，山海之资，一切籍于县官[3]。行之一年，财用丰赡。上大悦。兵兴，有功而还。上利其财，故榷法不罢。管山海之利，自嘉始也。居一年，嘉告老。上曰："钜合侯，其忠可谓尽矣！"遂得爵其子。又令郡守择其宗支之良者，每岁贡焉。嘉子二人，长曰抟[4]，有父风，故以袭爵。次子挺[5]，抱黄白之术[6]。比于抟，其志尤淡泊也。尝散其资，拯乡闾之困，人皆德之。故乡人以春伐鼓，大会山中，求之以为常。

①薾(ěr)：疲困的样子。　②大司农：掌租税钱谷盐铁和国家的财政收支。　③县官：朝廷、天子。　④抟：谐"团茶"之团。　⑤挺：谐"京挺"之"挺"。　⑥黄白之术：古代指方士烧炼丹药点化金银的法术。

赞曰：今叶氏散居天下，皆不喜城邑，惟乐山居。氏于闽中者，盖嘉之苗裔也。天下叶氏虽夥[1]，然风味德馨为世所贵，皆不及闽。闽之居者又多，而郝源之族为甲。嘉以布衣遇皇帝，爵彻侯[2]，位八座[3]，可谓荣矣。然其正色苦谏，竭力许国，不为身计，盖有以取之。夫先王用于国有节，取于民有制。至于山林川泽之利，一切与民。嘉为策以榷之，虽救一时之急，非先王之举也，君子讥之。或云管山海之利，始于盐铁丞孔仅、桑弘羊之谋也[4]，嘉之策未行于时，至唐赵赞始举而用之[5]。

①夥(huǒ)：多。　②彻侯：爵位名。秦统一后所建立的二十级军功爵中的最高级。汉初因袭之。　③八座：古代中央政府的八位高级官吏。　④孔仅：西汉南阳（今属河南）人。原为南阳大冶铁商。汉武帝时，任大司农丞，主管盐铁专卖，在全国各地设立盐铁专卖机构，专营盐铁生产和贸易事宜。桑弘羊：西汉河南洛阳人。商人之子。武帝时，任治粟都尉，领大司农。推行盐、铁、酒类收归官营，并设立平准、均输机构，控制全国商品，平抑物价，使商贾不得获取大利，以充实国家经济收入。　⑤赵赞：《文献通考·征榷考》："德宗时，赵赞请诸道津会置吏阅商贾钱，每缗税二十，竹木茶漆税十之一，以赡常平本钱。"

苏 辙

苏辙(1039—1112),眉州眉山(今属四川)人,字子由,一字同叔,号“颍滨遗老”。苏洵子,苏轼弟。仁宗嘉祐二年(1057)进士,复举制科。为文汪洋淡泊。有《栾城集》等。

和子瞻煎茶

年来病懒百不堪,未废饮食求芳甘。煎茶旧法出西蜀,水声火候犹能谙。相传煎茶只煎水,茶性仍存偏有味①。君不见闽中茶品天下高,倾身事茶不知劳。又不见北方俚人茗饮无不有,盐酪椒姜夸满口②。我今倦游思故乡,不学南方与北方。铜铛得火蚯蚓叫③,匙脚旋转秋萤光。何时茅檐归去炙背读文字④,遣儿折取枯竹女煎汤。

①仍:因。偏:更。 ②盐酪椒姜夸满口:指煮茶添盐、酪、椒、姜等。 ③蚯蚓叫:相传蚯蚓能在夏夜鸣叫,其鸣声称为蚓曲,比如微不足道的声音。此处形容水沸的声音。④炙背:晒背。苏辙《和王适炙背读书》:“少年读书处,寒夜冷无火。老来百事慵,炙背但空坐。”

黄庭坚

黄庭坚(1045—1105),洪州分宁(今江西修水)人,字鲁直,号“山谷道人”。第进士。博学,精行、草书,尤工诗文,有文集传世,与苏轼齐名,号称“苏黄”。有《山谷集》。

双井茶送子瞻

人间风日不到处,天上玉堂森宝书①。想见东坡旧居士,挥毫百斛泻明珠②。我家江南摘云腴③,落硙霏霏雪不如④。为君唤起黄州梦,独载扁舟向五湖⑤。

①玉堂:指翰林院。 ②斛:量具名,古以十斗为一斛。 ③云腴:茶的别称。皮日休《奉和鲁望四明山九题·青檽子》:“味似云腴美,形如玉脑圆。” ④硙(wèi):石磨。 ⑤五湖:指隐遁之所。春秋末越国大夫范蠡,辅佐越王勾践,灭亡吴国,功成身退,乘轻舟以隐于五湖。苏轼被贬至黄州,曾写《临江仙·夜饮东坡醒复醉》:“长恨此身非我有,何时忘却营

营。夜阑风静縠纹平。小舟从此逝，江海寄余生。”

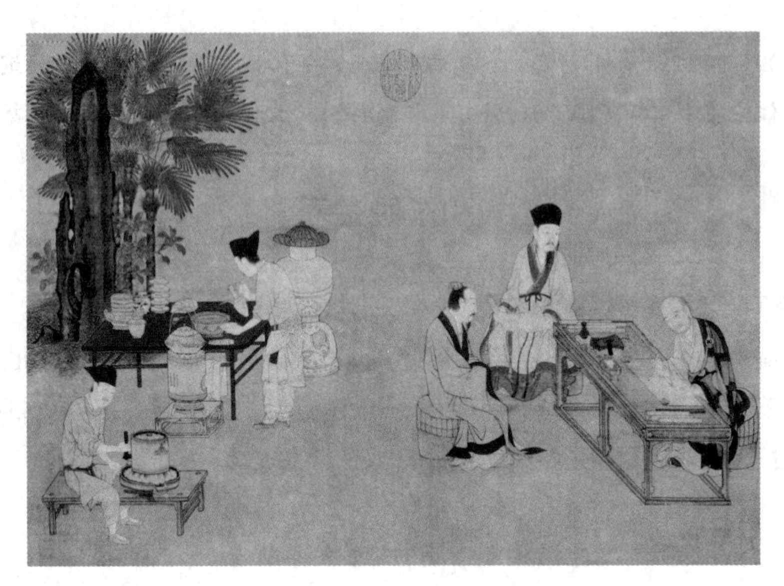

（宋）刘松年：撵茶图

奉谢刘景文送团茶

刘侯惠我大玄璧①，上有雌雄双凤迹。鹅溪水练落春雪②，粟面一杯增目力。刘侯惠我小玄璧，自裁半璧煮琼靡③。收藏残月惜未碾，直待阿衡来说诗④。绛囊团团余几璧⑤，因来送我公莫惜。个中渴羌饱汤饼⑥，鸡苏胡麻煮同吃⑦。

①玄璧：指饼茶。 ②鹅溪：指鹅溪绢，产于四川省盐亭县鹅溪的绢帛。唐代为贡品，宋人书画尤重之。此处用作罗茶。张扩《罗茶》：“新剪鹅溪样如月，中有琼糜落飞屑。”春雪：指茶上的毫毛。 ③琼靡：即琼糜，山芋汤的美称。此处形容茶汤。 ④阿衡：指汉相匡衡。《汉书·匡衡传》：“无说《诗》，匡鼎来；匡说《诗》，解人颐。”形容人开怀大笑。 ⑤绛囊：红色口袋。 ⑥个中：此中。渴羌：用以称嗜茶的人。黄庭坚《今岁官茶极妙而难为赏音者戏作两诗用前韵》：“乳花翻椀正眉开，时苦渴羌冲热来。”汤饼：汤煮的面食。 ⑦鸡苏：草名，即水苏。其叶辛香，可以烹鸡，故名。胡麻：芝麻。

满庭芳·茶

北苑春风，方圭圆璧①，万里名动京关。碎身粉骨，功合上凌烟。樽俎风流战胜，降春睡、开拓愁边。纤纤捧,研膏溅乳,金缕鹧鸪斑[②]。

相如虽病渴,一觞一咏[③],宾有群贤。为扶起樽前,醉玉颓山[④]。搜搅胸中万卷,还倾动、三峡词源[⑤]。归来晚,文君未寝[⑥],相对小窗前。

①圭、璧:指饼茶。 ②鹧鸪斑:建州茶盏,釉色如鹧鸪鸟的斑纹。 ③一觞一咏:饮酒赋诗。王羲之《兰亭集序》:"虽无丝竹管弦之盛,一觞一咏,亦足以畅叙幽情。" ④醉玉颓山:刘义庆《世说新语·容止》:"嵇叔夜之为人也,岩岩若孤松之独立;其醉也,傀俄若玉山之将崩。"后以"醉玉颓山"形容男子风姿挺秀,酒后醉倒的风采。 ⑤三峡词源:喻滔滔不绝的文辞。杜甫《醉歌行》:"词源倒流三峡水,笔阵独扫千人军。" ⑥文君:指卓文君。汉临邛富翁卓王孙之女,貌美,有才学。司马相如饮于卓氏,文君新寡,相如以琴曲挑之,文君遂夜奔相如。这里指作者妻子。

阮郎归

黔中桃李可寻芳[①]。摘茶人自忙。月团犀胯斗圆方[②]。研膏入焙香。

青箬裹,绛纱囊。品高闻外江[③]。酒阑传碗舞红裳。都濡春味长[④]。

①黔中:今贵州一带。陆羽《茶经》:"黔中,生思州、播州、费州、夷州。" ②犀胯:茶名。③外江:长江以南为外江。 ④都濡:今贵州务川一带,产都濡高枝茶。

踏莎行

画鼓催春[①],蛮歌走饷[②]。雨前一焙谁争长。低株摘尽到高株,株株别是闽溪样[③]。

碾破春风[④],香凝午帐。银瓶雪滚翻成浪。今宵无睡酒醒时,摩围影在秋江上[⑤]。

①画鼓:彩绘的鼓。 ②蛮歌:南方少数民族的民歌。走饷:往田间送饭。 ③闽溪:建溪。 ④碾破春风:此句言将茶碾碎。 ⑤摩围:此时黄庭坚在黔州贬所,寓摩围阁。

西江月·茶

龙焙头纲春早,谷帘第一泉香。已醺浮蚁嫩鹅黄[①]。想见翻成雪浪[②]。

兔褐金丝宝碗[③],松风蟹眼新汤。无因更发次公狂[④]。甘露来从仙掌[⑤]。

①浮蚁：本指酒面上的浮沫，这里指茶。 ②雪浪：指鲜白的茶水。黄庭坚《阮郎归·茶》："消滞思，解尘烦，金瓯雪浪翻。" ③兔褐金丝宝碗：指兔毫盏。 ④次公：汉盖宽饶，字次公。为官廉正不阿，刺举无所回避。平恩侯许伯治第新成，权贵均往贺，宽饶不行，请而后往，自尊无所屈。许伯亲为酌酒，宽饶曰："无多酌我，我乃酒狂。"丞相魏侯笑道："次公醒而狂，何必酒也？"见《汉书·盖宽饶传》。 ⑤仙掌：铜仙之掌，以承甘露。此句言茶味如甘露。

看花回·茶词

夜永兰堂醺饮，半倚颓玉①。烂熳坠钿堕履②，是醉时风景，花暗烛残，欢意未阑，舞燕歌珠成断续③。催茗饮、旋煮寒泉，露井瓶窦响飞瀑④。

纤指缓、连环动触。渐泛起、满瓯银粟⑤。香引春风在手，似粤岭闽溪，初采盈掬。暗想当时，探春连云询篁竹。怎归得，鬓将老，付与杯中绿⑥。

①颓玉：形容醉后的体态，如玉山倾颓。 ②钿：古代一种嵌金花的首饰。履：鞋子。此句言醉态。 ③歌珠：谓圆润如珠的歌声。 ④瓶窦：瓶口。此句言汤瓶泻汤之状。 ⑤银粟：指白色茶沫。 ⑥杯中绿：指茶。

品令·茶词

凤舞团团饼。恨分破、教孤令①。金渠体净②，只轮慢碾③，玉尘光莹。汤响松风，早减二分酒病④。

味浓香永。醉乡路、成佳境。恰如灯下，故人万里，归来对影。口不能言，心下快活自省⑤。

①孤令：孤单，孤独。 ②金渠：指茶臼。 ③只轮：指茶碾。 ④酒病：因饮酒过量而生病。 ⑤自省：自然明白。苏轼《和钱安道寄惠建茶》："胸中似记故人面，口不能言心自省。"

秦 观

秦观(1049—1100)，扬州高邮(今属江苏)人，字少游，一字太虚。登进士第。善诗赋策论，尤工词，属婉约派。与黄庭坚、晁补之、张耒合称“苏门四学士”。有《淮海集》。

次韵谢李安上惠茶

故人早岁佩飞霞①，故遣长须致茗芽②。寒橐遽收诸品玉③，午瓯初试一团花④。著书懒复追鸿渐，辨水时能效易牙⑤。从此道山春困少⑥，黄书剩校两三家⑦。

①佩飞霞：指仙人的服饰。延伸为慕道游仙，脱离尘俗。 ②长须：指男仆。黄裳《谢人惠茶器并茶》：“遽命长须烹且煎，一簇蝇声急须吐。每思北苑滑与甘，尝厌乡人寄来苦。” ③寒橐：空囊。 ④午瓯：午时饮茶。陆游《出游》：“篝火就炊朝甑饭，汲泉自煮午瓯泉。” ⑤易牙：春秋时齐桓公宠臣，长于调味。 ⑥道山：指儒林、文苑，文人聚集的地方。 ⑦黄书：书籍。秦观《赠刘使君景文》：“石渠病客君应笑，手校黄书两鬓蓬。”

茶 臼

幽人耽茗饮①，刳木事捣撞②。巧制合臼形，雅音侔柷椌③。灵室困亭午，松然明鼎窗。呼奴碎圆月④，搔首闻铮鏦⑤。茶仙赖君得，睡魔资尔降。所宜玉兔捣，不必力士扛。愿偕黄金碾⑥，自比白玉缸。彼美制作妙，俗物难与双。

①幽人：隐士。耽：沉溺。 ②刳(kū)：挖空。 ③侔：相等。柷、椌(zhù qiāng)：古代打击乐器，用木头做成。 ④圆月：指茶饼。 ⑤铮鏦(zhēng cōng)：形容捣茶时的撞击声。 ⑥偕：同。黄金碾：范仲淹《和章岷从事斗茶歌》：“黄金碾畔绿尘飞，紫玉瓯心翠涛起。”

满庭芳·咏茶

雅燕飞觞①，清谈挥麈②，使君高会群贤。密云双凤，初破缕金团。窗外炉烟似动，开瓶试、一品香泉。轻淘起，香生玉尘，雪溅紫瓯圆。

娇鬟。宜美盼③，双擎翠袖，稳步红莲④。坐中客翻愁，酒醒歌阑。点上纱笼画烛⑤，花骢弄⑥、月影当轩。频相顾，余欢未尽，欲去且流连。

①雅燕：即雅宴，高雅的宴饮。飞觞：举杯。 ②挥麈(zhǔ)：晋人清谈时，常挥动麈尾以为谈助。后因称谈论为挥麈。 ③美盼：黑白分明的美目。《诗·卫风·硕人》：“巧笑倩兮，

美目盼兮。” ④红莲：指女子的红鞋。 ⑤纱笼：纱制灯笼。 ⑥花骢(cōng)：五花马。

李 复

李复(1052—?)，长安(今陕西西安)人，字履中。元丰二年(1079)进士。师事张载，为学精义理，于书无所不读，尤工诗，学者称为“潏水先生”。有《潏水集》。

题刘松年《卢仝烹茶图》①

老屋颓垣洛城里②，绿树团阴照窗儿。石床散帙有余清③，应是先生睡初起④。竹炉火暖苍烟凝，碧云浮鼎香风生。白头老媪不解事⑤，时闻蚓窍苍蝇声⑥。柴扃日高为谁起⑦，肯愧邻僧频送米⑧。长须裹头始出门，想为韩公置双鲤⑨。松年图此宁无情，似觉七碗通仙灵。何当更画月初出，仰天涕泗行中庭。绝怜牛李方倾轧⑩，独羡先生保贞白。孤忠耿耿孰与同，足配能诗杜陵客⑪。

右题指挥张侯所藏《卢仝烹茶图》盖宋人刘松年笔也，观其布景萧散，用意清远，翛然有出尘之想。噫！卢仝之趣，非松年莫能写其真。而松年之画，今之所见者盖亦寡矣。张侯宝而藏之，俾诸名公形之咏歌。观其好尚，可以知其人焉。赵郡李复书。

①刘松年：宋代画家，光宗绍熙间为画院待诏，师事张敦礼，善画人物、山水。 ②洛城：即洛阳。卢仝曾居此地。 ③散帙：打开书籍。 ④应是先生睡初起：卢仝《走笔谢孟谏议寄新茶》：“日高丈五睡正浓，军将打门惊周公。” ⑤白头老媪、长须裹头：《唐才子传·卢仝》：“(卢仝)后卜居洛城，破屋数间而已，一奴长须不裹头，一婢赤脚老无齿。” ⑥蚓窍：古人以为蚯蚓以孔窍出声。与“苍蝇声”同指水沸腾发出的声响。苏辙《和子瞻煎茶》有“铜铛得火蚯蚓叫，匙脚旋转秋萤光”之句。 ⑦柴扃日高为谁启：卢仝《走笔谢孟谏议寄新茶》：“日高丈五睡正浓，军将打门惊周公。” ⑧邻僧频送米：《唐才子传·卢仝》：“终日苦吟，邻僧送米。” ⑨长须裹头始出门，想为韩公置双鲤：韩愈《寄卢仝》有“先生有意许降临，更遣长须致双鲤”之句。长须，即男仆。双鲤，代指书信。 ⑩牛李：唐时大臣牛僧孺、李德裕的并称，也指以二人为首的朋党。 ⑪杜陵客：即杜陵野客，杜甫的自称。

晁补之

晁补之(1053—1110),济州巨野(今山东巨野)人,字无咎。十七岁从父至杭州,著《钱塘七述》,为苏轼所赞颂。举进士。嗜学不倦,工诗文,尤精《楚辞》,择后世文辞与楚辞相类似者,编为《变离骚》诸书。有《鸡肋集》等。

次韵鲁直谢李右丞送茶

都城米贵斗论璧,长饥茗碗无从识。道和何暇索槟榔,惭愧云龙羞肉食①。壑源万亩不作栏,上春伐鼓惊山颜。题封进御官有局,夜行初不更驿宿。冰融太液俱未知,寒食新苞随赐烛②。建安一水去两水,易较岂如泾与渭。右丞分送天上余,我试比方良有似。月团清润珍豢羊③,葵花琐细胃与肠④。可怜赋罢群玉晚⑤,宁忆睡余双井香。大胜胶西苏太守,茶汤不美夸薄酒⑥。

①云龙:印有龙的图案的茶饼,为宋朝的贡茶。黄庭坚《答黄冕仲索煎双井并简杨休》:"家山鹰爪是小草,敢与好赐云龙同。" ②赐烛:宋代,词臣多有夜值,赐烛送归多发生在君臣夜对之后,皇帝命内侍以御前灯烛送夜对的词臣回学士院或是回到住处,表示荣宠、礼遇或是劝勉,此即"赐烛归院"。 ③豢(huàn):喂养。 ④葵花:北苑贡茶名。 ⑤群玉:本为传说中古帝王藏书册处。后用以称帝王珍藏图籍书画之所。 ⑥苏太守:指苏轼。苏轼有《薄薄酒》诗,序言:胶西先生赵明叔,家贫,好饮,不择酒而醉。常云:薄薄酒,胜茶汤;丑丑妇,胜空房。其言虽俚,而近乎达,故推而广之以补东州之乐府;既又以为未也,复自和一篇,聊以发览者之一噱云尔。

陈师道

陈师道(1053—1102),徐州彭城(今江苏徐州)人,字履常,一字无己。少受业于曾巩,绝意于仕进。善诗文,尤通晓《诗经》《礼记》,为文精深雅奥,有文集多卷。为人高介有节,安贫乐道。论诗推服黄庭坚,多苦吟之作,为江西诗派代表性诗人。有《后山集》《后山谈丛》《后山诗话》等。

满庭芳·咏茶

闽岭先春,琅函联璧[①],帝所分落人间。绮窗纤手,一缕破双团。云里游龙舞凤,香雾起、飞月轮边。华堂静,松风竹雪,金鼎沸潺湲。

门阑。车马动,扶黄籍白,小袖高鬟。渐胸里轮囷[②],肺腑生寒。唤起谪仙醉倒,翻湖海、倾泻涛澜。笙歌散,风帘月幕,禅榻鬓丝斑。

①琅函:书匣的美称。 ②轮囷:盘曲貌。

毛　滂

毛滂(约1060—约1124),衢州(今属浙江)人,字泽民,自号"东堂老人"。苏轼曾以"文章典丽,可备著述"举荐他。诗文豪放恣肆,词作较为婉约。有《东堂词》。

山茶子

天雨新晴,孙使君宴客双石堂,遣官奴试小龙茶[①]。

日照门前千万峰。晴飙先扫冻云空[②]。谁作素涛翻玉手[③],小团龙。

定国精明过少壮[④],次公烦碎本雍容[⑤]。听讼阴中苔自绿[⑥],舞衣红。

①官奴:官妓,或指没入官府的奴隶。 ②飙:风。《说文解字》:"飙,扶摇风也。"冻云:阴云。 ③素涛:指茶汤表面白色的茶沫。 ④定国:指于定国,西汉丞相。《汉书》有其传。精明:精细明察。少壮:年轻力壮的人。 ⑤次公:指汉代黄霸,字次公。烦碎:繁杂琐碎。⑥听讼:听理诉讼,指审案。

西江月·侑茶词[①]

席上芙蓉待暖[②],花间騕褭还嘶[③]。劝君不醉且无归。归去因谁惜醉。

汤点瓶心未老[④],乳堆盏面初肥[⑤]。留连能得几多时。两腋清风唤起。

①侑茶：劝茶，助茶。 ②芙蓉：指席上所绣芙蓉图案。 ③騕褭（yǎo niǎo）：古骏马名。刘昼《新论·惜时》："天回日转，其谢如矢，騕褭迅足，神马弗能追也。" ④汤点瓶心未老：指汤瓶煎水恰好，陆羽《茶经》："已上水老不可食也。" ⑤乳堆盏面初肥：指白色汤花堆积较厚，陆羽《茶经》："皤皤然若积雪耳。"

释德洪

释德洪（1071—1128），筠州新昌（今江西宜丰）人，一名惠洪，号觉范。俗姓喻。工书善画，尤擅绘梅竹，多与当时知名士大夫交游，于北宋僧人中诗名最盛。有《石门文字禅》《天厨禁脔》《冷斋夜话》《林间录》《禅林僧宝传》等。

与客啜茶戏成

道人要我煮温山，似识相如病里颜。金鼎浪翻螃蟹眼，玉瓯绞刷鹧鸪斑①。津津白乳冲眉上②，拂拂清风产腋间。唤起晴窗春昼梦，绝怜佳味少人攀。

①鹧鸪斑：指茶盏，因有鹧鸪斑点的花纹，故称。杨万里《和罗巨济山居十咏》："自煎虾蟹眼，同瀹鹧鸪斑。" ②津津：液汁渗出貌。

葛胜仲

葛胜仲（1072—1144），常州江阴（今属江苏）人，徙丹阳，字鲁卿。葛书思子。哲宗绍圣四年（1097）进士。卒谥文康。有《丹阳集》。

新　茶

壑源苞贡及春分①，玉食分甘赐旧勋②。水厄阳侯宜避席③，天随陆子合同群④。珍同内府新苍璧，味压元丰小凤云⑤。便请加笾先果腹⑥，鹅无留掌鳖添裙⑦。

①壑源：位于建州，产贡茶。苞贡：泛指贡品，这里指贡茶。黄庭坚《谢送碾壑源拣芽》：

"婺源包贡第一春,缃奁碾香供玉食。" ②玉食:美食。旧勋:昔日有功勋的人。 ③水厄:三国魏晋以后,渐行饮茶,其初不习饮者,戏称为"水厄"。后亦指嗜茶。《太平御览》卷八六七引刘义庆《世说新语》:"晋司徒王濛好饮茶,人至辄命饮之,士大夫皆患之。每欲候濛,必云'今日有水厄。'"阳侯:借指波涛。 ④天随:即天随子,陆龟蒙的别号。陆子:陆羽。 ⑤元丰:宋神宗赵顼年号。矞云:彩云,古代以为瑞征。这里与上文"苍璧"指饼茶。 ⑥加笾:谓礼遇厚于常时。 ⑦裙:鳖甲四周的软肉,称为鳖裙。

王安中

王安中(1076—1134),定州曲阳(今属河北)人,字履道,号初寮。元符三年(1100)进士,历任御史中丞、翰林学士等。工诗文。有《初寮集》。

临江仙·和梁才甫茶词

六六云从龙戏月①,天颜带笑尝新②。年年回首建溪春③。香甘先玉食④,珍宠在枫宸⑤。

赐品暂醒歌里醉⑥,延和行对台臣⑦。宫瓯浮雪乳花匀⑧。九重清昼永⑨,宣坐议东巡⑩。

①六六:即三十六,形容数量多。云、龙:皆指茶饼上的图案。月:形容茶饼。 ②天颜:天子的容颜。 ③建溪春:产于建溪的茶。 ④香甘:香而甘甜。玉食:美食。未尝美食而先闻到其香甜之味。 ⑤珍宠:珍惜宠爱。宸:北极星所居,喻指皇帝所在之所。枫宸:皇宫。汉代宫中多植枫树,故称枫宸。 ⑥赐品:指皇帝分赐给臣子的茶。 ⑦延和:延和殿。台臣:指宰辅重臣。 ⑧宫瓯:皇宫里的茶器。 ⑨九重:指宫门。卢纶《秋夜即事》:"九重深锁禁城秋,月过南宫渐映楼。" ⑩宣坐:皇帝赐臣子坐。东巡:古代天子巡守东方。《尚书·舜典》:"岁二月,东巡守,至于岱宗。"

王庭圭

王庭圭(1079—1171),吉州安福(今属江西)人,字民瞻,自号卢溪老人、卢溪真逸。政和八年(1118)进士。为诗雄浑。有《卢溪集》《卢溪词》。

好事近·茶

宴罢莫匆匆,聊驻玉鞍金勒①。闻道建溪新焙,尽龙蟠苍璧②。黄金碾入碧花瓯③,瓯翻素涛色。今夜酒醒归去,觉风生两腋。

①金勒:金饰的带嚼口的马络头。 ②龙蟠苍璧:茶饼圆如璧形,其上有龙蟠花纹。 ③黄金碾:范仲淹《和章岷从事斗茶歌》:"黄金碾畔绿尘飞,紫玉瓯心翠涛起。"

赵 佶

赵佶(1082—1135),宋徽宗,北宋第八任皇帝,在位二十六年(1100—1125)。神宗第十一子,哲宗弟,曾被封为遂宁王、端王。书画俱有功力,著作大多已散佚,传世仅有《宣和御制宫词》三卷等。

大观茶论(节选)

点茶不一,而调膏继刻①。以汤注之,手重筅轻,无粟文蟹眼者②,谓之静面点。盖击拂无力,茶不发立③,水乳未浃④,又复增汤,色泽不尽,英华沦散,茶无立作矣。有随汤击拂,手筅俱重,立文泛泛⑤,谓之一发点。盖用汤已故⑥,指腕不圆,粥面未凝,茶力已尽,雾云虽泛⑦,水脚易生⑧。妙于此者,量茶受汤,调如融胶。环注盏畔,勿使侵茶。势不欲猛,先须搅动茶膏,渐加击拂,手轻筅重,指绕腕旋,上下透彻,如酵蘖之起面⑨,疏星皎月,灿然而生,则茶面根本立矣。

①调膏:用水将茶末搅拌成膏状。 ②粟文:粟粒状花纹。 ③发立:谓点茶操作中使茶处于半浮沉状态。 ④浃(jiā):浸透,融合。 ⑤立文:激发出来的汤花乳沫。泛泛:漂浮貌。 ⑥故:久,长久。 ⑦雾云:像云雾般的茶汤。 ⑧水脚:指点茶激发起的汤花乳沫消失后在茶盏壁上留下的水痕。 ⑨如酵蘖(jiào niè)之起面:就像酵母发面一样。蘖:酒曲,酿酒用的发酵剂。

第二汤自茶面注之，周回一线，急注急止，茶面不动，击拂既力，色泽渐开，珠玑磊落[1]。三汤多寡如前，击拂渐贵轻匀，周环旋复，表里洞彻[2]，粟文蟹眼，泛结杂起，茶之色十已得其六七。四汤尚啬[3]，筅欲转稍宽而勿速，其真精华彩，既已焕然，轻云渐生。五汤乃可稍纵，筅欲轻盈而透达，如发立未尽，则击以作之。发立已过，则拂以敛之，结浚霭[4]，结凝雪，茶色尽矣。六汤以观立作，乳点勃然[5]，则以筅著居，缓绕拂动而已。七汤以分轻清重浊，相稀稠得中，可欲则止。乳雾汹涌，溢盏而起，周回凝而不动，谓之“咬盏”，宜均其轻清乳合者饮之。《桐君录》曰：“茗有饽，饮之宜人。”虽多不为过也。

①珠玑：珠玉，此处形容茶汤。 ②洞彻：通达。 ③啬：悭吝，少。 ④浚：深。霭：云气。 ⑤勃然：兴起貌。

（宋）赵佶：文会图（局部）

周紫芝

周紫芝(1082—?),宣城(今属安徽)人,字少隐,号竹坡居士。高宗绍兴十二年(1142 年)进士。历官右司员外郎、知兴国军,为政尚简静。秩满,奉祠归,入居庐山以终。有《太仓稊米集》《竹坡诗话》。

摊破浣溪沙·茶词

苍璧新敲小凤团。赤泥开印煮清泉。醉捧纤纤双玉笋[1],鹧鸪斑。
雪浪溅翻金缕袖,松风吹醒玉酡颜[2]。更待微甘回齿颊,且留连。

①玉笋:喻女子手指。　②酡颜:饮酒脸红貌。

李　纲

李纲(1083—1140),邵武(今属福建)人,字伯纪。政和进士。宣和七年(1125),为太常少卿。有《靖康传信录》《建炎时政记》《建炎进退志》《宣抚荆广记》《制置江右录》等。

建溪再得雪乡人以为宜茶

闽岭今冬雪再华,清寒芳润最宜茶。泛瓯欲斗千金价,着树先开六出花[1]。圭璧自须呈瑞质,旗枪未肯放灵芽。传闻龙饼先春贡,已到钧天玉帝家[2]。

①六出花:雪花的别称。　②钧天:天的中央。古代神话传说中天帝住的地方。

吕本中

吕本中(1084—1145),寿州(今属安徽)人,郡望东莱,字居仁,人称“东莱先生”。高宗绍兴六年(1136)赐进士出身。工诗,得黄庭坚、陈师道句法。卒谥文清。有《童蒙训》《江西诗社宗派图》《紫微诗话》《东莱先生诗集》等。

西江月·熟水词[1]

酒罢悠扬醉兴。茶烹唤起醒魂。却嫌仙剂点甘辛。冲破龙团气韵。
金鼎清泉乍泻，香沉微惜芳熏。玉人歌断恨轻分。欢意厌厌未尽[2]。

①熟水：宋人往往在宴饮结束之后，饮茶解酒犹嫌不足之际，又饮用由甘香药材煎煮而成的汤或熟水，以达到和中营卫的目的。 ②厌厌：绵长貌。

向子諲

向子諲(1085—1152)，临江(今江西清江)人，字伯恭，自号芗林居士。官至户部侍郎、徽猷阁直学士。有《酒边集》。

浣溪沙

赵总怜以扇头来乞词，戏有此赠。赵能著棋、分茶、写字、弹琴。

艳赵倾燕花里仙[1]。乌丝阑写永和年[2]。有时闲弄醒心弦。茗碗分云微醉后，纹楸斜倚髻鬟偏[3]。风流模样总堪怜。

①艳赵倾燕：比赵飞燕还美丽。此处是盛赞歌妓赵总怜容貌。 ②乌丝阑：书籍卷册中，绢纸类有织成或画成之界栏，红色者谓之朱丝阑，黑色者谓之乌丝阑。永和年：王羲之书法《兰亭序》作于永和年间，此处借指书法精妙。 ③纹楸：围棋棋盘。

傅　察

傅察(1089—1125)，孟州济源(今属河南)人，字公晦。年十八，举进士。谥忠肃。有《忠肃集》。

次韵烹茶四首(其三)

不但蠲烦起醉仙[①],能令古莽失多眠[②]。春风乍拂千岩上,晓雨初沾百草前。绛缕缝囊包紫璧[③],玉尘凝碗照清烟[④]。今人嗤点前人拙,未肯须依古法煎[⑤]。

①蠲(juān)烦:消除烦恼。　②能令古莽失多眠:自注:"见《列子》。"《列子·周穆王》:"西极之南隅有国焉,不知境界之所接,名古莽之国。阴阳之气所不交,故寒暑亡辨;日月之光所不照,故昼夜亡辨。其民不食不衣而多眠。五旬一觉,以梦中所为者实,觉之所见者妄。"　③紫璧:自注:杜牧之诗:"芽香紫璧裁。"　④玉尘:自注:李郢诗有"玉尘煎出照碧霞"。　⑤古法煎:自注:"徐铉:任道时新物,须依古法煎。"

王之道

王之道(1093—1169),无为(今属安徽)人,字彦猷,自号相山居士。宣和年间进士,官至湖南转运判官,以朝奉大夫致仕。善诗文。有《相山居士词》等。

西江月·试茶

磨急锯霏琼屑[①]。汤鸣车转羊肠[②]。一杯聊解水仙浆[③]。七日酲襟顿爽[④]。
指点红裙劝坐[⑤],招呼岩桂分香[⑥]。看花不觉酒浮觞[⑦]。醉倒宁辞鼠量[⑧]。

①霏:纷纷落下的样子。琼屑:玉屑,喻指碾碎后的茶末。耶律楚材《西域从王君玉乞茶因其韵》:"黄金小碾飞琼屑,碧玉深瓯点雪芽。"　②汤:开水。羊肠:狭窄曲折的小路。本句是指汤沸的声音。　③水仙浆:代指酒。　④酲:大醉。《庄子·人间世》:"南伯子綦游乎商之丘,见大木焉……嗅之则使人狂酲三日而不已。"　⑤红裙:美女。韩愈《醉赠张秘书》:"不解文字饮,惟能醉红裙。"　⑥岩桂:木樨之别称,即桂花。分香:分散出香味。　⑦浮觞:满杯。　⑧鼠量:喻指酒量小。

胡　寅

胡寅(1098—1156),建州崇安(今福建武夷山)人,后迁居衡阳,字明仲,学者称"致堂先生"。胡安国弟胡淳子,奉母命抚为己子,居长。少时桀黠难制,安国以读书移其心。尝从祭酒杨时学。有《崇正辩》《论语详说》《读史管见》《斐然集》等。

送茶与执礼以诗来谢和之

箪瓢曾不饱颜回①,何事新茶转海来。八饼尚怀经幄赐②,一苞聊对岭云开。分君要使浇书腹③,待客应须罢酒罍。自笑玉川空两腋,清风无梦到蓬莱。

①箪瓢曾不饱颜回:典出《论语》,"子曰:'贤哉,回也!一箪食,一瓢饮,在陋巷,人不堪其忧,回也不改其乐。贤哉,回也!'"　②经幄:汉唐以来帝王为讲论经史而特设的御前讲席。　③浇书:指晨饮。赵与虤《娱书堂诗话》卷上:"东坡谓晨饮为浇书,李黄门谓午睡为摊饭。"

王之望

王之望(1103—1170),襄阳谷城(今属湖北)人,字瞻叔,谥敏肃。绍兴八年(1138)进士,官至参知政事。有《汉滨集》。

满庭芳·赐茶

犀隐雕龙①,蟾将威凤②,建溪初贡新芽。九天春色,先到列仙家③。今日磨圭碎璧④,天香动、风入窗纱⑤。清泉嫩,江南锡乳⑥,一脉贯天涯。

芳华。瑶圃宴⑦,群真飞佩⑧,同引流霞⑨。醉琼筵红绿⑩,眼乱繁花。一碗分云饮露,尘凡尽、牛斗何赊⑪。归途稳,清飙两腋,不用泛灵槎⑫。

①犀:指犀胯茶,团茶名。雕龙:指茶上印有龙纹图案。　②蟾:见《和章岷从事斗茶歌》注。将:携带。威凤:指茶上印有凤纹图案。　③列仙:位高的仙人,这里代指位高的大臣。④磨圭碎璧:指磨碎饼茶。　⑤天香:芳香的美称,此处形容茶香。　⑥江南锡乳:指惠山泉

的泉水。惠山泉在无锡，水色如乳，故称“锡乳”或“锡水”，陆羽曾亲品其味，乾隆御封其为“天下第二泉”。　⑦瑶圃：产玉的园圃，此指仙境。《楚辞·涉江》：“驾青虬兮骖白螭，吾与重华游兮瑶之圃。”　⑧群真：群仙，道家称仙人为真人。　⑨流霞：泛指美酒。柳宗元《巽上人以竹闲自采新茶见赠，酬之以诗》：“咄此蓬瀛侣，无乃贵流霞。”　⑩红绿：指醉后眼花缭乱，分不清红绿。王僧孺《夜愁示诸宾》：“谁知心眼乱，看朱忽成碧。”　⑪赊：距离远。⑫灵槎(chá)：指能乘往天河的船。张华《博物志》：“近世有人居海渚者，年年八月有浮槎去来，不失期，人有奇志，立飞阁于槎上，多赍粮，乘槎而去。”

陆　游

陆游(1125—1210)，越州山阴(今浙江绍兴)人，字务观。游以文字交，不拘礼法，人讥其颓放，故自号放翁。书成，擢宝章阁待制，致仕。工词及散文，尤长于诗。其诗多沉郁顿挫，感激豪宕之作，与尤袤、杨万里、范成大并称为“中兴四大家”。有《剑南诗稿》《渭南文集》《南唐书》《老学庵笔记》等。

试　茶

苍爪初惊鹰脱韝[①]，得汤已见玉花浮。睡魔何止避三舍，欢伯直知输一筹[②]。日铸焙香怀旧隐，谷帘试水忆西游。银瓶铜碾俱官样，恨欠纤纤为捧瓯[③]。

①韝(gōu)：皮制的护臂套。此句言茶芽刚冒出。　②欢伯：酒的别名。　③纤纤：指女子柔美之手。

北岩采新茶用《忘怀录》中法煎饮欣然忘病之未去也[①]

槐火初钻燧[②]，松风自候汤。携篮苔径远，落爪雪芽长。细啜襟灵爽[③]，微吟齿颊香。归时更清绝[④]，竹影踏斜阳。

①《忘怀录》：即沈括《梦溪忘怀录》，已佚。　②槐火：用槐木取火。相传古时往往随季节变换燃烧不同的木柴以防时疫，冬取槐火。钻燧：原始的取火法。燧为取火的工具，有金燧、木燧两种。　③襟灵：襟怀，心灵。　④清绝：形容美妙至极。

临安春雨初霁

世味年来薄似纱，谁令骑马客京华①。小楼一夜听春雨，深巷明朝卖杏花。矮纸斜行闲作草②，晴窗细乳戏分茶③。素衣莫起风尘叹④，犹及清明可到家。

①京华：京城。 ②矮纸：短纸。 ③分茶：注汤后用箸搅茶乳，使汤水波纹幻变成种种形状。 ④素衣：白色的衣服，比喻清白的操守。

杨万里

杨万里(1127—1206)，吉州吉水(今江西吉水)人，字廷秀，号诚斋。高宗绍兴二十四年(1154)进士。工诗，自成诚斋体，与尤袤、范成大、陆游并称"中兴四大家"。有《诚斋集》。

澹庵坐上观显上人分茶

分茶何似煎茶好？煎茶不似分茶巧。蒸水老禅弄泉手①，隆兴元春新玉爪②。二者相遭兔瓯面③，怪怪奇奇真善幻。纷如擘絮行太空④，影落寒江能万变。银瓶首下仍尻高⑤，注汤作字势嫖姚⑥。不须更师屋漏法⑦，只问此瓶当响答。紫微仙人乌角巾⑧，唤我起看清风生。京尘满袖思一洗，病眼生花得再明。汉鼎难调要公理，策勋茗碗非公事。不如回施与寒儒，归续《茶经》传衲子⑨。

①蒸水：煎水。 ②玉爪：指茶叶。 ③兔瓯：兔毫盏。 ④擘絮：撕碎的棉絮。 ⑤银瓶：一种煮茶水用的瓶。用铁、瓷或金、银制成。 ⑥嫖姚：劲疾貌。 ⑦屋漏：即屋漏痕，草书的一种笔法。谓行笔须藏锋。 ⑧紫微：道教称仙人所居。乌角巾：古代葛制黑色有折角的头巾。常为隐士所戴。 ⑨衲子：僧人。

陈蹇叔郎中出闽漕别送新茶李圣俞郎中出手分似

头纲别样建溪春①，小璧苍龙浪得名。细泻谷帘珠颗露②，打成寒食杏花饧③。鹧斑碗面云萦字④，兔褐瓯心雪作泓⑤。不待清风生两腋，清风先向舌端生。

①头纲：指惊蛰前或清明前制成的首批贡茶。建溪春：即建茶。梅尧臣《吴正仲遗新茶》："十片建溪春，干云碾作尘。天王初受贡，楚客已烹新。" ②谷帘：指庐山康王谷瀑布。其状如帘，故名。陆游《试茶》："日铸焙香怀旧隐，谷帘试水忆西游。" ③饧：饴糖。 ④鹧斑碗：茶盏名。因有鹧鸪斑点的花纹，故称。 ⑤兔褐瓯：黄黑色。以其色似褐兔，故名。黄庭坚《煎茶赋》："亦可以酌兔褐之瓯，瀹鱼眼之鼎者也。"

以六一泉煮双井茶[①]

鹰爪新茶蟹眼汤，松风鸣雪兔毫霜。细参六一泉中味，故有涪翁句子香[②]。日铸建溪当退舍[③]，落霞秋水梦还乡。何时归上滕王阁？自看风炉自煮尝。

①六一泉：在杭州市孤山西南麓。欧阳修晚号六一居士，曾与西湖僧惠勤友善。元祐四年（1089）苏轼再守杭州时，二人皆已死，忽有清泉出惠勤讲堂之后，为纪念欧阳修，遂命名为六一泉。双井茶：宋代洪州双井乡所产。欧阳修《归田录》："腊茶出于剑、建，草茶盛于两浙。两浙之品，日注为第一。自景祐已后，洪州双井白芽渐盛，近岁制作尤精。" ②涪翁：黄庭坚的别号。 ③退舍：比不上，不敢与争。

项安世

项安世（1129—1208），祖籍括苍（今浙江丽水），徙居江陵，字平父。淳熙进士。有《周易玩辞》《项氏家说》《平庵悔稿》。

以琴高鱼茶芽送范蜀州

溪上幽人拾旧查[①]，洞中丁户采新芽[②]。欲乘赤鲤惭仙骨[③]，自瀹霜毫爱乳花[④]。莋路跨骡胜五马[⑤]，邮筒得酒散双衙。武夷道士知君否，正拥风鸾里月茶。

①旧查：自注：相传鱼乃琴高生药查。 ②丁户：民户。 ③赤鲤：赤色鲤鱼。传说中仙人所骑。 ④霜毫：指茶。 ⑤莋：古县名，在今四川省汉源县。

朱 熹

朱熹(1130—1200),徽州婺源(今属江西)人,字元晦,号晦庵。他在哲学上发展了程颢、程颐关于理气关系的学说,集理学之大成,建立了一个完整的唯心主义的理学体系,世称“程朱学派”。有《四书集注》《朱子语类》《朱文公文集》等。

武夷精舍杂咏·茶灶[1]

仙翁遗石灶[2],宛在水中央。饮罢方舟去[3],茶烟袅细香。

①武夷精舍:又称紫阳书院、武夷书院、朱文公祠,位于隐屏峰下平林渡九曲溪畔,是朱熹于淳熙十年(1183)所建,为其著书立说、倡道讲学之所。有仁智堂、隐求室、止宿寮、石门坞、观善斋、寒栖馆、晚对亭、铁笛亭等建筑,时人称之为“武夷之巨观”。茶灶:烹茶的小炉灶。杨万里《寄题朱元晦武夷精舍十二咏·茶灶》:“茶灶本笠泽,飞来摘茶国。堕在武夷山,溪心化为石。” ②石灶:即“茶灶石”。在濒临晚对峰麓的五曲溪中,有一块天然岩石,石上有洞穴数处,置炽炭其中,并将茶炉安放穴上,可以煮茶会客。朱熹在隐屏峰麓武夷精舍讲学时,经常偕学友、生徒乘坐渔艇到石上煮茶论学,并把它列为武夷精舍十二景之一。他书写“茶灶”两字镌石留念。 ③方舟:两舟并行。

云谷二十六咏·茶坂

携籯北岭西,采撷供茗饮。一啜夜窗寒,跏趺谢衾枕[1]。

①跏趺(jiā fū):盘足而坐,脚背放在股上,即打坐的坐姿。谢:推辞。

春 谷

武夷高处是蓬莱,采得灵根手自栽。地僻芳菲镇长在[1],谷寒蜂蝶未全来。红裳似欲留人醉,锦障何妨为客开[2]。饮罢醒心何处所,远山重叠翠成堆。

①镇长:经常。 ②锦障:遮蔽风尘或视线的锦制屏幕。

晚雨凉甚偶得小诗请问游山之日并请刘平父作主人二首(其二)

庐阜归来只短筇[1],解包茶茗粗能供。若须载酒邀宾客,付与屏山七老翁[2]。

①庐阜:庐山。 ②屏山:刘子翚的号。朱熹尝从其学。

张 栻

张栻(1133—1180),祖籍绵竹(今属四川),寓居长沙(今属湖南),字敬夫,号南轩,学者称"南轩先生",谥曰宣,后世又称张宣公。其学自成一派,与朱熹、吕祖谦齐名,时称"东南三贤"。

夜得岳后庵僧家园新茶甚不多辄分数碗奉伯承

小园茶树数十许,走寄萌芽初得尝。虽无山顶烟岚润,亦有灵泉一派香[1]。

①一派:一阵。

王 质

王质(1135—1189),兴国(治今湖北阳新)人,字景文,号雪山。绍兴三十年(1160)进士,文章气节,见重于世。诗风近似苏轼,亦以苏轼继承人自命。有《诗总闻》《雪山集》等。

蓦山溪·咏茶

枯林荒陌,矮树敷鲜叶[1]。不见雅风标[2],十二分、山容野色。因何嫩茁,舞动小旗枪[3],梅花后,杏花前,色味香三绝。

含光隐耀,尘土埋豪杰。试看大粗疏,争知变、寒云飞雪。休说休说,世只两名花,芍药相,牡丹王,未尽人间舌[4]。

①敷：遍布。　②风标：风度，仪态。　③旗枪：带顶芽的小叶，顶芽尖尖形似枪，小叶面展形如旗，故称旗枪。　④未尽人间舌：此言芍药、牡丹等虽惹人注目，但不能供人们食用。

袁说友

袁说友(1140—1204)，建安(今福建建瓯)人，字起岩，号东塘居士。孝宗隆兴元年(1163年)进士，调溧阳簿。淳熙四年(1177)，任秘书丞兼权左司郎官，后调任池州、知临安府。累任太府少卿、户部侍郎、文安阁学士、吏部尚书。

遗建茶于惠老

东入吴中晚，团龙第一奁。政须香齿颊，莫惯下姜盐[①]。笑我便搜搅，从君辨苦甜。更烦挥妙手，银粟看纤纤[②]。

①莫惯下姜盐：有煎茶入姜盐之俗，苏轼《和蒋夔寄茶》："老妻稚子不知爱，一半已入姜盐煎。"　②银粟：原注："银粟，谓茗花。"比喻白色茶沫。黄庭坚《以小团龙及半挺赠无咎并诗》："赤铜茗椀雨斑斑，银粟翻光解破颜。"

张　镃

张镃(1153—?)，成纪(今甘肃天水)人，字功甫，号约斋。张俊曾孙。官奉议郎、直秘阁。善画竹石古木，亦工书。有《仕学规范》《南湖集》。

许深父送日铸茶

短笺欣见小龙蛇[①]，谏省初颁越岭茶[②]。瓷缶秘香蒙翠箬[③]，蜡封承印湿丹砂。清风洒落曾谁比？正味森严更可嘉。堪笑云台方忍睡，强行松径嚼新芽。

①龙蛇：泛指书法、文字。　②谏省：御史台的别称。　③翠箬：箬叶，用以裹茶，封藏茶叶之用。

刘　过

刘过(1154—1206),吉州太和(今江西泰和)人,字改之,号龙洲道人。一生力主抗金,曾为陆游、辛弃疾赏识。诗多悲壮之调,词则感慨国事。有《龙洲集》《龙洲词》。

好事近·咏茶筅[1]

谁斫碧琅玕[2],影撼半庭风月。尚有岁寒心在,留得数茎华发。龙孙戏弄碧波涛[3],随手清风发。滚到浪花深处,起一窝香雪。

①茶筅:用来击拂茶汤的茶器,赵佶《大观茶论》:"茶筅以筯竹老者为之。身欲厚重,筅欲疏劲,本欲壮而末必眇,当如剑瘠之状。盖身厚重,则操之有力而易于运用,筅疏劲如剑瘠,则击拂虽过而浮沫不生。" ②琅玕(láng gān):翠竹的美称,白居易《浔阳三题·湓浦竹》:"剖劈青琅玕,家家盖墙屋。" ③龙孙:竹子的别称。

临江仙·茶词

红袖扶来聊促膝,龙团共破春温。高标终是绝尘氛[1]。两箱留烛影,一水试云痕。
饮罢清风生两腋,余香齿颊犹存。离情凄咽更休论。银鞍和月载[2],金碾为谁分。

①高标:高尚的德行。　②银鞍:代指骏马。

释居简

释居简(1164—1246),潼川(今四川三台)人,字敬叟,号北磵。俗姓龙。有《北磵文集》《北磵诗集》等。

刘簿分赐茶

吁嗟草木之擅场[1],政和御焙登俊良[2]。双龙小凤取巧制,断璧零圭夸袭藏[3]。晴窗团玉手自碾,旋熁铁坏玄兔盏[4]。瓦瓶只候蚯蚓泣[5],不复浪惊浮俗眼。卯金之子我所识[6],户外青藜扶太一。十袭携来访赏音[7]，清白犹能胜黄白。君家阿伶两眼花，以德颂酒不颂茶。遂令手阅三百片，风味尽在山人家。潮从委羽山前涨[8]，少得清涟入瓶盎。瓢瀹天浆睡足时，香缤丝纶九天上[9]。

①擅场：谓强者胜过弱者，专据一场。后谓技艺超群。　②俊良：指才能出众的人。③袭藏：犹珍藏。　④熁（xié）：烤。蔡襄《茶录》："凡欲点茶。先须熁盏令热。冷则茶不浮。"坏，疑为"柸"。　⑤蚯蚓泣：指候汤时水沸的声音。释居简《谢司令惠赐茶》："圭零璧碎不复惜，自候泣蚓声悲嘶。"　⑥卯金之子：卯金，谓刘姓。指刘簿。《三辅黄图·阁》："刘向于成帝之末，校书天禄阁，专精覃思。夜有老人着黄衣，植青藜杖，叩阁而进。见向暗中独坐诵书，老父乃吹杖端，烟然，因以见向，授《五行》《洪范》之文。恐词说繁广忘之，乃裂裳及绅以记其言。至曙而去，请问姓名，云：'我是太乙之精，天帝闻卯金之子有博学者，下而观焉。'"　⑦十袭：把物品一层又一层地包裹起来，以示珍贵。　⑧委羽：道教山名。位于浙江省台州市黄岩区南。　⑨缤（yǐn）：引。

请印铁牛住灵隐茶汤榜[1]

玉虎何知[2]，先动山中消息；云龙早贡[3]，首膺天上平章[4]。价虽重于连城，产独珍于双璧。恭惟某：宠光五叶[5]，一杯分万象之甘；弹压群英，数水劣诸方之胜。方圆制度，清白华滋。笑沩源春梦，不到池塘[6]；眷老圃秋容[7]，尤高节操。颊牙腾馥，四河衮衮无边[8]；襟袖生凉，两腋飕飕未已。

洞庭君子封下邳，箕裘不坠[9]；洛诵孙父事副墨[10]，文采难藏。试从师友渊源，欲起烟霞沉痼。恭惟某：搅杂毒海[11]，设醴奚为；开甘露门[12]，饮河而止。直指单传，其来有自；俱收并蓄，待用无遗。荐醍醐一味之醇，撷芝朮众芳之助[13]。行精进定[14]，是上药草，起一生成佛于膏肓；见善知识，如优昙花[15]，慰千载得贤于季孟[16]。

①印铁牛：铁牛宗印（1148—1213），临济宗僧。俗姓陈，盐官人。与北磵禅师居简同为灵隐寺佛照德光阐释法嗣。宋宁宗时，印铁牛禅师住持灵隐寺。茶汤榜：指宋代寺院举办"茶会""汤会"前撰写的邀请通知文书。　②玉虎：应指玉虎鸣，即雷声。　③云龙：指茶。④平章：即"同中书门下平章事"，职官名。　⑤宠光：恩宠。　⑥笑沩源春梦，不到池塘：典出惠洪《沩源记》。春梦：不切实际的幻想。　⑦眷老圃秋容，尤高节操：韩琦有诗"不羞老圃秋容澹，且看黄花晚节香。"　⑧四河：中医上指髓海、血海、气海、水谷之海，为人体气血精髓等精微物质汇聚之所。　⑨箕裘：《礼记·学记》："良冶之子，必学为裘。良弓之子，必学为

箕。"箕裘原指由易而难、有次序的学习方式。后用来指父亲的技艺或事业。 ⑩洛诵孙父事副墨:《庄子·大宗师》:"副墨之子,闻诸洛诵之孙。"成玄英疏:"临本谓之副墨,背文谓之洛诵。初既依文生解,所以执持披读;次则渐悟其理,是故罗洛诵之。" ⑪毒海:佛教中有血河、灰河、热沙、毒海等地狱。 ⑫甘露门:通往涅槃的门户。 ⑬芝朮(zhú):芝指灵芝。朮即苍朮、白朮。 ⑭行精:心行洁净。 ⑮优昙花:优昙钵花,即昙花。 ⑯季孟:同"伯仲之间"。形容不相上下。

程 珌

程珌(1164—1242),徽州休宁(今属安徽)人,字怀古。以祖居洺州,自号洺水遗民。十岁时作诗咏冰,语出惊人。光宗绍熙四年(1193)进士。历官直学士院兼权中书舍人。宁宗卒,丞相史弥远夜召珌入禁中草矫诏,一夕为制诰二十五篇。拜翰林学士、知制诰,进封新安郡侯。以端明殿学士致仕。有《洺水集》。

西江月·茶词

岁贡来从玉垒,天恩拜赐金奁①。春风一朵紫云鲜。明月轻浮盏面。
想见清都绛阙②,雍容多少神仙。归来满袖玉炉烟③。愿侍年年天宴。

①金奁(lián):金匣。 ②清都绛阙:神话传说中天帝所居之宫阙。 ③玉炉:熏炉的美称。

洪咨夔

洪咨夔(1176—1236),於潜(今属浙江杭州)人,字舜俞,号平斋。嘉泰二年(1202)进士。授如皋主簿,寻为饶州教授。作《大冶赋》,受到楼钥赏识。有《春秋说》《西汉诏令揽钞》等。

作茶行

磨斲女娲补天不尽石①,磅礴轮囷凝绀碧臼刳②。扶桑挂日最上枝③,嫛婗勃窣生纹漪④。吴罡小君赠我杵⑤，阿香藁砧授我斧⑥。斧开苍璧粲磊磊⑦，杵碎玄玑纷楚楚。出臼入磨光吐吞，危坐只手旋乾坤⑧。碧瑶宫殿几尘堕，蕊珠楼阁妆铅翻⑨。慢流乳泉活火鼎，淅瑟微波开溟涬⑩。花风迸入毛骨香，雪月浸澈须眉影。太一真人走上莲花航⑪，维摩居士惊起狮子床⑫。不交半谈共细啜⑬，山河日月俱清凉。桑苎翁，玉川子，款门未暇相倒屣⑭。予方抱《易》坐虚明，参到洗心玄妙旨⑮。

①磨斵(zhuó)：雕琢，雕饰。 ②磅礴、轮囷(qūn)：广大、高大的样子。 ③扶桑挂日最上枝：《山海经·海外东经》："汤谷上有扶桑，十日所浴，在黑齿北。居水中，有大木，九日居下枝，一日居上枝。" ④蹩跚(pán shān)、勃窣(bó sū)：摇曳飘动貌。 ⑤吴罡：即吴刚。小君：对尊长妻妾的敬称。吴罡小君：应指嫦娥。 ⑥阿香：指神话传说中的推雷车的女神。藁砧(gǎo zhēn)：妇女称丈夫的隐语。杵与斧，碎茶饼之用。 ⑦苍璧：与下句"玄玑"皆指茶饼。黄庭坚《奉谢刘景文送团茶》："刘侯惠我大玄璧，上有雌雄双凤迹。"磊磊、楚楚：众多的样子。 ⑧危坐：古人以两膝着地，耸起上身。 ⑨蕊珠楼阁：道教经典中所说的仙官。妆铅与上句的"几尘"皆指研细后的茶末。 ⑩淅瑟：形容风声。这里指水沸的声音。苏轼《试院煎茶》："蟹眼已过鱼眼生，飕飕欲作松风鸣。"溟涬：水势无边际貌，指茶汤沸腾。 ⑪太一真人：即太乙救苦天尊。 ⑫维摩居士：早期佛教著名居士、在家菩萨。狮子床：佛菩萨的床坐。此句言茶之功用，道教以之养生，佛教以之提神修禅。 ⑬不交半谈：互相不用交谈一句话。 ⑭倒屣：急于出迎，把鞋倒穿。 ⑮洗心：洗涤心胸，比喻除去恶念或杂念。《易·系辞上》："圣人以此洗心。"

方　岳

方岳(1199—1262)，祁门(今属安徽)人，字巨山，号秋崖。绍定五年(1232)进士。诗文不用古律而以意为之。有《秋崖集》。

次韵宋尚书山居十五咏·茶岩

罊底云香不等雷，便携石鼎与俱来①。鹁鸠唤得西溪雨②，顿得春从齿颊回。

①石鼎：陶制的烹茶用具。皮日休《冬晓章上人院》："松扉欲啟如鸣鹤，石鼎初煎若聚蚊。" ②鹁鸠(bó jiū)：鸟名。天将雨时其鸣甚急，俗称水鹁鸪。

吴文英

吴文英(约 1200—约 1272),四明(今浙江宁波)人,字君特,号梦窗,又号觉翁。虽终为布衣,所交皆一时显贵。知音律、能自度曲,词名极重。有《梦窗词》。

望江南·茶

松风远,莺燕静幽芳。妆褪宫梅人倦绣,梦回春草日初长。瓷碗试新汤。
笙歌断,情与絮悠扬。石乳飞时离凤怨,玉纤分处露花香①。人去月侵廊。

①玉纤:纤细如玉的手指。

张 炎

张炎(1248—1320),临安(今浙江杭州)人,字叔夏,号玉田,又号乐笑翁。张镃曾孙。幼承家学。宋亡,潜迹不仕,纵游浙东西及江南,曾至元大都,旋返,落拓以终。与周密交厚。工词,多写亡国之痛。研究声律,尤得神解。以春水词得名,人因号曰张春水。有《山中白云词》《词源》《乐府指迷》。

踏莎行·卢仝啜茶手卷

清气崖深,斜阳木末①。松风泉水声相答。光浮碗面啜先春,何须美酒吴姬压②。
头上乌巾,鬓边白发。数间破屋从芜没③。山中有此玉川人,相思一夜梅发。

①木末:树梢。 ②吴姬:吴地的美女。压:米酒酿制将熟时,压榨取酒。李白《金陵酒肆留别》:“风吹柳花满店香,吴姬压酒唤客尝。” ③芜没:谓淹没于荒草间。

踏莎行·咏汤

瑶草收香①,琪花采汞②。冰轮碾处芳尘动。竹炉汤暖火初红,玉纤调罢歌声送。
麾去茶经③,袭藏酒颂。一杯清味佳宾共。从来采药得长生,蓝桥休被琼浆弄④。

①瑶草：传说中的香草。 ②琪花：仙境中玉树之花。采汞：汞，水银，比喻露水。③麾去：撤掉，退掉。 ④蓝桥休被琼浆弄：蓝桥，桥名。在陕西省蓝田县东南蓝溪之上。相传其地有仙窟，为唐裴航遇仙女云英处。裴铏《传奇·裴航》："一饮琼浆百感生，玄霜捣尽见云英。蓝桥便是神仙窟，何必崎岖上玉清。"

李南金

李南金，乐平（今属江西）人，字晋卿，自号三溪冰雪翁。事见《鹤林玉露》乙编卷二、丙编卷一、三，清同治《乐平县志》卷七有传。罗大经《鹤林玉露》记其友李南金所说的："《茶经》以鱼目、涌泉连珠为煮水之节，然近世瀹茶，鲜以鼎镬，用瓶煮水之节，难以候视，则当以声辨一沸、二沸、三沸之节。"

茶　声

砌虫唧唧万蝉催①，忽有千车捆载来②。听得松风并涧水，急呼缥色绿瓷杯。

①唧唧：虫吟声。 ②捆载：满载。

虞　俦

虞俦，宁国（今属安徽）人，字寿老。授绩溪令，饮食服用，悉取给于家。工诗古文。有《尊白堂集》。

王诚之分惠卧龙新茶数语为谢

卧龙骧首奋轻雷①，一一枪旗次第开②。遽浼春风归七碗，宁容卯酒困三杯③。森严莫讶先尝苦，隽永方知后味回。不羡金钗候汤眼，可能萧寺略追陪④。

①骧首：抬头。邹阳《上书吴王》："臣闻蛟龙骧首奋翼，则浮云出流，雾雨咸集。" ②枪旗：见王质《蓦山溪·咏茶》注。 ③卯酒：早晨喝的酒。 ④萧寺：佛寺。追陪：追随。

刘　著

刘著，舒州皖城（今安徽潜山）人，字鹏南。北宋宣、政年间（1111—1125）登进士第。著善诗，与吴激常相酬答。

伯坚惠新茶绿橘香味郁然便如一到江湖之上戏作小诗二首（其一）

建溪玉饼号无双，双井为奴日铸降①。忽听松风翻蟹眼，却疑春雪落寒江②。

①双井为奴日铸降：此句言建溪茶远胜双井与日铸茶。　②却疑春雪落寒江：杨万里《澹庵坐上观显上人分茶》："纷如擘絮行太空，影落寒江能万变。"

李正民

李正民，扬州（今江苏扬州）人，字方叔。有《己酉航海记》《大隐集》。

客有以茶易竹次韵

琅玕黝璧两清虚①，不比山阴鹅换书②。花乳试烹应有味，龙孙新种未嫌疏③。轻身通气宜君饮，冒雪停霜称我居。斜曲短长休更问，森罗万象已如如④。

①琅玕：见刘过《好事近·咏茶筅》注。　②山阴：指王羲之。　③龙孙：见刘过《好事近·咏茶筅》注。　④如如：佛教语。引申为永存，常在。

林正大

林正大，字敬之，号随庵。宁宗开禧间，为严州学官。有《风雅遗音》。

意难忘·括山谷煎茶赋

汹汹松风①。更浮云皓皓，轻度春空。精神新发越，宾主少从容。犀箸厌②，涤昏懵。茗碗策奇功。待试与，平章甲乙③，为问涪翁④。

建溪日铸争雄。笑罗山梅岭，不数严邛⑤。胡桃添味永，甘菊助香浓。投美剂，与和同。雪满兔瓯溶。便一枕，庄周蝶梦，安乐窝中⑥。

①汹汹：形容声音喧闹。 ②犀箸：用犀角制成的筷子。杜甫《丽人行》："犀箸厌饫久未下，鸾刀缕切空纷纶。" ③平章：品评。甲乙：次第，等级。 ④涪翁：黄庭坚别号。 ⑤严邛：指严州、邛州。 ⑥安乐窝：安静舒适的住处。宋邵雍自号安乐先生，隐居苏门山，名其居为"安乐窝"。

谢 逸

谢逸（?—1113），抚州临川（今江西抚州）人，字无逸，号溪堂。博学工文辞。从吕希哲学。屡举进士不第，以诗文自娱，为黄庭坚所称赏。尝作咏蝶诗三百余首，人称谢蝴蝶。有《春秋广微》《樵谈》《溪堂集》《溪堂词》。

武陵春·茶

画烛笼纱红影乱，门外紫骝嘶①。分破云团月影亏。雪浪皱清漪。
捧碗纤纤春笋瘦②，乳雾泛冰瓷。两袖清风拂袖飞。归去酒醒时。

①紫骝（liú）：古骏马名。 ②春笋：喻女子纤润的手指。

徐 照

徐照（?—1211），永嘉（治今浙江温州）人，字道晖，一字灵晖，自号山民。工诗，尚晚唐贾岛、姚合，多闲逸写景之作，有诗数百，琢思奇异，为南宋诗坛"永嘉四灵"之一。有《芳兰轩集》。

谢薛总干惠茶盏

色变天星照，姿贞蜀土成①。视形全觉巨，到手却如轻。盛水蟾轮漾，浇茶雪片倾。价令金帛贱，声击水冰清。拂拭忘衣袖[2]，留藏有竹籯。入经思陆羽，联句待弥明[3]。贪动丹僧见，从来相府荣。感情当爱物，随坐更随行。

①蜀土：蜀地。 ②忘：无，没有。 ③联句待弥明：联句，即《石鼎联句》。弥明，即衡山道士轩辕弥明。见韩愈《石鼎联句诗序》。

第四章　元代茶文学

元代是一个多民族融合的时期，各民族各地区物质文化与精神文化相互吸收、相互影响，促进了茶文化的进一步普及。由于其独有的草原民族特性，茶文化并没有在元代走向较高层次的文化形式。在沿袭了唐宋优秀文化传统的基础上，由于受元初的战乱及游牧文化豪放简约的影响，饮茶风尚是饼、散并行，重散略饼，具有过渡性的特点。王祯《农书》记载："茶之用有三：曰茗茶，曰末茶，曰蜡茶。"由于散茶的普及流行，茶叶的炒青技术逐渐成熟，花茶的加工制作也形成完整的系统。这些为明代炒青散茶的兴起奠定了基础。

由于元代时期相对较短，其茶文学作品也就相对较少。著名的有耶律楚材《西域从王君玉乞茶因其韵七首》、洪希文《煮土茶歌》、谢宗可《茶筅》、谢应芳《阳羡茶》等。茶诗多以反映饮茶时的意境和感受为主。此外，曲是元代文学的代表，在元曲中有不少茶文学作品。特别是李德载《阳春曲·赠茶肆》采用组曲形式写历代茶事，更是为人称道。

同时，元代及其前后时期饮茶的情景，从流传至今的文献资料及艺术作品、墓葬壁画中可见一斑。其中有大量备茶、进茶、饮茶的内容，这不仅反映了南北方蒙汉民族茶文化的融合与交流，更重要的是反映出时人对茶文化高尚情趣的追求与趋同。

耶律楚材

耶律楚材(1190—1244)，字晋卿，号湛然居士。博览群书，旁通天文、地理、律历、释老、医卜之说。元太祖定燕，闻其名召见。太宗时拜中书令，事无大小皆先由其顾问。工诗，其诗对边疆塞外的山川景物、风土人情有较生动的描绘。有《湛然居士集》。

西域从王君玉乞茶因其韵七首[①]

积年不啜建溪茶，心窍黄尘塞五车[②]。碧玉瓯中思雪浪，黄金碾畔忆雷芽。卢仝七碗诗难得，谂老三瓯梦亦赊[③]。敢乞君侯分数饼，暂教清兴绕烟霞。

厚意江洪绝品茶[4]，先生分出蒲轮车[5]。雪花滟滟浮金蕊[6]，玉屑纷纷碎白芽。破梦一杯非易得，搜肠三碗不能赊。琼瓯啜罢酬平昔，饱看西山插翠霞。

高人惠我岭南茶，烂赏飞花雪没车[7]。玉屑三瓯烹嫩蕊，青旗一叶碾新芽。顿令衰叟诗魂爽[8]，便觉红尘客梦赊。两腋清风生坐榻，幽欢远胜泛流霞。

酒仙飘逸不知茶，可笑流涎见曲车[9]。玉杵和云舂素月，金刀带雨剪黄芽。试将绮语求茶饮[10]，特胜春衫把酒赊[11]。啜罢神清淡无寐，尘嚣身世便云霞。

长笑刘伶不识茶，胡为买锸谩随车[12]。萧萧暮雨云千顷，隐隐春雷玉一芽。建郡深瓯吴地远，金山佳水楚江赊。红炉石鼎烹团月，一碗和香吸碧霞。

枯肠搜尽数杯茶，千卷胸中到几车。汤响松风三昧手，雪香雷震一枪芽。满囊垂赐情何厚，万里携来路更赊。清兴无涯腾八表[13]，骑鲸踏破赤城霞[14]。

啜罢江南一碗茶，枯肠历历走雷车[15]。黄金小碾飞琼屑，碧玉深瓯点雪芽。笔阵陈兵诗思勇[16]，睡魔卷甲梦魂赊。精神爽逸无余事，卧看残阳补断霞。

（辽）张匡正墓壁画：备茶图（局部）

①王君玉:成吉思汗时,应诏西征,统率偏师。与丘处机、耶律楚材交善,诗歌唱和之作颇多。 ②五车:即五车书。《庄子》:"惠施多方,其书五车。"后用以形容读书多,学问渊博。此处指钻研学问。雪浪:茶汤花。黄庭坚《阮郎归·茶词》:"消滞思,解尘烦,金瓯雪浪翻。" ③谂老:即赵州从谂禅师。"谂老三杯",即禅门公案"吃茶去"。 ④江洪绝品茶:江州和洪州,在今江西。宋时,两州皆设榷茶场。洪州另有名茶西山白露及鹤岭茶。 ⑤蒲轮车:古时迎接贤士时,以蒲草包裹车轮,以减少颠簸。 ⑥滟滟:水波粼粼的样子。 ⑦烂赏:纵情欣赏。自注:是日作茶曾值雪。 ⑧衰叟:作者自谦。 ⑨曲车:载酒的车辆。 ⑩绮语:文藻华丽的辞句。 ⑪春衫:年轻时的自己。 ⑫长笑刘伶不识茶,胡为买锸谩随车:《世说新语》引《名士传》:"(刘伶)常乘鹿车,携一壶酒,使人荷锸相随之,云'死便掘地以埋'。" ⑬八表:八方之外,指极远的地方。 ⑭骑鲸:亦作"骑京鱼"。扬雄《羽猎赋》:"乘巨鳞,骑京鱼。"李善注:"京鱼,大鱼也。字或为鲸。鲸亦大鱼也。"指修仙得道。赤城:天台山。 ⑮历历:象声词。雷车:形容雷声像行车般震耳。此处形容肠胃蠕动发出的声响巨大。 ⑯笔阵:写文章。

姬　翼

姬翼(1192—1267),高平(今山西高平)人,字辅之。有《云山集》。

东风第一枝·咏茶

拆封缄、龙团辟破,柏树机关先见①。玉童制、香雾轻飞,银瓶引、灵泉新荐。成风手段,虬髯奋、击碎鲸波,仗此君②、些子功夫③,琼花细浮瓯面。

这一则、全提公案④,宜受用,不烦宠劝。涤尘襟、静尽无余,开心月⑤、清凉一片。群魔电扫,莹中外、独露元真⑥,会玉川、携手蓬瀛⑦。留连水晶宫殿⑧。

①柏树机关:汉时,御史府中列植柏树,后因以柏台称御史台。 ②此君:指茶筅。③些子:些许。 ④公案:佛教用语。禅宗用以指前辈祖师的言行规例,并用来判断是非迷悟。 ⑤心月:佛教用语。指明净如月的心性。 ⑥元真:中医名词。人体元阳真气。⑦会玉川、携手蓬瀛:卢仝有"蓬莱山,在何处。玉川子,乘此清风欲归去"之句。 ⑧水晶宫殿:水晶装饰的宫殿,亦指月宫或海底龙宫。

袁 桷

袁桷(1266—1327),鄞县(今浙江宁波鄞州区)人,字伯长,号清容居士。袁桷博学多才,少年时就有文名。被举荐为茂才异等,任丽泽书院山长。大德初年,举荐为翰林国史院检阅官,以博闻知礼著称,在翰林、集贤两院任职20余年。有《清容居士集》。

煮茶图并序

《煮茶图》一卷,仿石窗史处州燕居故事所作也①。石窗讳文卿,字景贤,外高祖忠定王曾孙。仪观清朗,超然绮纨之习②。聚四方奇石,筑室曰"山泽居",而自号曰"石窗山樵"。此图左列图卷,比束如玉笋,锦绣间错。旁有一童,出囊琴拂尘以俟命。右横重屏,石窗手执乌丝阑书展玩③,疑有所构思。屏后一几,设茶器数十。一童伛背运碾,绿尘满巾。一童篝火候汤,蹙唇望鼎口,若惧主人将索者。如意、麈尾、巾壶、研纸,皆纤悉整具④。羽衣乌巾,玉色绚起,望之真飞仙人。余意永和诸贤,放浪泉石,当不过是。而其泊然宦意,翰墨清洒,诚足以方驾而无愧。甲午冬十月,其孙公畴出以相示,因记而赋之,以发千古之远想云。

石窗山樵晋公子,独鹤萧萧烟竹里。月湖一顷碧琉璃,高筑虚堂水中沚⑤。堂深六月生凉秋,万柄风摇红旖旎。遵南更有山泽居,四面晴峰插天倚。忆昔王门豪盛时,甲族丁黄总朱紫⑥。晓趋黄阁袖香尘⑦,俯首脂韦希隽美⑧。一官远去长安门,德色欣欣对妻子⑨。岂如高怀脱荣辱,妙出清言洗纨绮⑩。郡符一试不挂意⑪,岸帻看云卧林墅⑫。平生嗜茗茗有癖,古井汲泉和石髓。风回翠碾落晴花,汤响云铛衮珠蕊⑬。齿寒意冷复三咽,万事无言归坎止⑭。何人丹青悟天巧,落笔毫芒研妙理。黄粱初炊梦未古⑮,旧事凄零谁复纪?展图缥眇忆遗踪,玉佩珊珊响秋水⑯。

①石窗史处州:即史文卿。 ②绮纨:同"纨绔"。 ③乌丝阑:见向子諲《浣溪沙》注。 ④纤悉:细致详尽。 ⑤虚堂:高堂。沚:水中的陆地。 ⑥甲族:世家大族。丁黄:成年人和幼儿。杜佑《通典》:"大唐武德七年,定令男女始生为黄,四岁为小,十六为中,二十一为丁,六十为老。"朱紫:红紫二色为高官显贵的服色,后指代显贵。 ⑦黄阁:汉代丞相、太尉和汉以后的三公官署厅门涂黄色,故称黄阁。 ⑧脂韦:原指脂油及软皮,后引申为阿谀奉承。 ⑨德色:施恩于人,而有自得之色。 ⑩清言:清雅高妙的言论。皎然《奉和崔中丞使君论李侍御萼登烂柯山宿石桥寺效小谢体》:"永夜寄岑寂,清言涤心胸。" ⑪郡符:郡太守的符玺。指就任郡守。 ⑫岸帻:推起头巾,露出前额。形容态度洒脱,或衣着简率不拘。 ⑬衮:同滚。珠蕊:即汤花。 ⑭归坎止:遇险难而止。又,坎在八卦中代表水,此处可引申

为以茶水。 ⑮黄粱：即黄粱梦。比如荣华富贵如梦影，短暂而虚幻。 ⑯珊珊：玉佩相击的声音。

张可久

张可久（约1270—约1350），庆元（今浙江宁波）人，字小山。专力于散曲的创作。其中尤以描写山光水色的作品最为突出，绘景如画，境界优美。后人辑其诗作为《小山乐府》6卷，《全元散曲》辑其小令855首，套曲9套。

人月圆·山中书事

兴亡千古繁华梦，诗眼倦天涯。孔林乔木①，吴宫蔓草②，楚庙寒鸦③。
数间茅舍，藏书万卷，投老村家。山中何事？松花酿酒，春水煎茶。

①孔林：孔子及其后裔的墓园。在山东曲阜。 ②吴宫：指春秋吴王的宫殿。 ③楚庙：指楚人奉祀祖宗和神明的庙舍。

折桂令·村庵即事

掩柴门啸傲烟霞①，隐隐林峦，小小仙家。楼外白云，窗前翠竹，井底朱砂。
五亩宅无人种瓜，一村庵有客分茶。春色无多，开到蔷薇，落尽梨花。

①啸傲：放歌长啸，傲然自得。

虞　集

虞集（1272—1348），临川崇仁（今江西抚州）人，字伯生，号邵庵。与杨载、范梈、揭傒斯并称“元诗四大家”。平生为文多至万篇，推尊儒术，倡导理学，风格谨严端庄。其诗以典雅精切著称，亦能词。有《道园学古录》。

写《庐山图》上

忆昔系船桑落洲[①]，洲前五老当船头[②]。风吹云气迷谷起，霜堕枫叶令人愁。高人祇在第九叠[③]，太白一去三千秋。石桥二客如有待，裹茶试泉春岩幽。

①桑落洲：在今江西九江市东北。 ②五老：即庐山五老峰。 ③第九叠：形容山峦叠嶂、山峰高耸。李白《庐山谣卢侍御虚舟》："庐山秀出南斗傍，屏风九叠云锦张。"

洪希文

洪希文(1282—1366)，莆田(今福建莆田)人，字汝质，号去华山人。宋亡，洪希文与父在山中隐居，但父子无愠色。父死后，在家乡授徒为业，后被聘为郡庠训导。其父有《轩渠集》，希文因自名其集为《续轩渠集》。

煮土茶歌

龟山、石梯、蟹井各有土产[①]。龟山味香而淡，石梯味清而微苦。

论茶自古称壑源，品水无出中泠泉。莆中苦茶出土产[②]，乡味自汲井水煎。器新火活清味永，且从平地休登仙。王侯第宅斗绝品，揣分不到山翁前[③]。临风一啜心自省，此意莫与他人传。

①龟山、石梯、蟹井：皆莆田地名。 ②莆中苦茶出土产：自注：闽乡音以茶为荼，盖有荼苦之义，其详已见韩退之诗注。 ③揣分：自我估量。

阮郎归·焙茶

养茶火候不须忙。温温深盖藏。不寒不暖要如常。酒醒闻箬香[①]。
除冷湿，煦春阳[②]。茶家方法良。斯言所可得而详。前头道路长。

①箬香：蔡襄《茶录》："茶焙，编竹为之，裹以箬叶。盖其上，以收火也；隔其中，以有容

也。纳火其下，去茶尺许，常温温然，所以养茶色香味也。” ②除冷湿，煦春阳：蔡襄《茶录》：“茶宜箬叶而畏香药，喜温燥而忌湿冷。故收藏之家，以箬叶封裹入焙中，两三日一次，同火常如人体温温，以御湿润。”

杨维桢

杨维桢(1296—1370)，诸暨(今属浙江)人，字廉夫，号铁崖、东维子、铁笛道人等。泰定四年(1327)进士，官建德路总管府推官，元末避乱钱塘，入明后未出仕。以诗文擅名当时，其诗号为“铁崖体”，誉者推为“一代诗宗”。散文亦为一代大家，文章朴雅奇奥，文笔纵横老练。有《东维子文集》《铁崖先生古乐府》《复古诗集》等。

清苦先生传

先生名檟[①]，字荈之。姓贾氏，别号茗仙[②]。其先阳羡人也，世系绵远，散处之中州者不一。先生幼而颖异，于诸眷族中，最其风致。卜居隐于姑苏之虎丘，与陆羽、卢仝辈相友善，号勾吴三隽[③]。每二人游，必挟先生随之。以故情谥日殷，众咸目之为死生交。然先生之为人芬馥而爽朗，磊落而疏豁，不媚于世，不阿于俗。凡有请求，则必摄緘縢，固扃鐍[④]，假人提携而往，四方之士多亲炙之[⑤]。虽穷檐蔀屋[⑥]，足迹未尝少绝。偶乘月大江泛舟，取金山中泠之水而瀹之，因品为第一泉，遂遨游不辍。尤喜僧室道院，贪爱其花竹繁茂，水石清奇，徜徉容与，逌然不忍去。构小轩一所，扁曰“松风深处”，中设鼎彝玩好之物，垆烧榾柮[⑦]，煨芋栗而啜之[⑧]。因赋诗，有“松风乍响匙翻雪，梅影初横月到窗”之句。或琴弈之间，樽俎之上[⑨]，先生无不价焉[⑩]。又性恶旨酒，每对醉客，必攘袂而剖析之。客醉，亦因之而少解。少嗜诗书百家之学，诵至夜分，终不告倦。所至高其风味，乐其真率，而无诋评之者。而世之枯吻者，仰之如甘露；昏瞑者，饫之若醍醐[⑪]。或誉之以嘉名，而先生亦不以为华。或咈之非义[⑫]，而先生亦不与之较。其清苦狷介之操类如此[⑬]。或者比伦之[⑭]，以为伯夷之亚。其标格，具于黄太史鲁直之赋[⑮]；其颠末，详诸蔡司谏君谟之谱，兹故弗及赘也。

太史公曰：贾氏有二出，其一晋文公舅子犯之子狐射姑食采于贾[⑯]，后世因以为姓。至汉文时，洛阳少年谊，挟经济之才，上治安之策[⑰]，帝以其深达国体，欲位之以卿相。绛灌之徒扼之[⑱]，遂疏出之，为梁王太傅，弗伸厥志。虽其子孙蕃衍，终亦不振。有僭拟龙凤团为号者，乂其疏逖之属[⑲]，各以骄贵夸侈，日思竞以旗枪。宗人咸相戒曰：彼稔恶不悛[⑳]，惧就烹于鼎镬，盍逃之。或隐于蒙山，或遁于建溪，居无何而祸作[㉑]，后竟泯泯无闻。惟先生以清风苦节高之。故没齿而无怨言，其亦庶几乎笃志君子矣。

①梌："茶"字之异体，见陆羽《茶经》。　②荈、贾、茗：陆羽《茶经》："其名，一曰茶，二曰槚，三曰蔎，四曰茗，五曰荈。"　③勾吴三隽：勾吴，即吴地。隽，即俊。　④摄缄縢(téng)，固扃鐍(jiōng jué)：捆紧绳索，加固锁钥。　⑤亲炙：本义为亲自受到教诲。此处意为亲自炙茶。陆羽《茶经》："凡炙茶，慎勿于风烬间炙，熛焰如钻，使炎凉不均。持以逼火，屡翻正，候炮出培塿，状虾蟆背，然后去火五寸。卷而舒，则本其始又炙之。若火干者，以气熟止；日干者，以柔止。"　⑥穷檐蔀(bù)屋：指以茅草铺盖的房屋，泛指贫家。　⑦榾柮(gù duò)：树根疙瘩，可作柴火。　⑧煨芋：典出懒残煨芋。唐时，衡岳寺有僧明瓒，性懒，人称懒瓒。宰相李泌奇之，夜半往见。时懒瓒正以牛粪煨芋。见李泌至，与之半芋，曰："慎勿多言，领取十年宰相。"见《宋高僧传》。后多指方外之遇。　⑨樽俎：古代盛酒肉食的器皿，樽盛酒，俎盛肉。泛指筵席。　⑩价(jiè)：陪从。　⑪而世之枯吻者，仰之如甘露；昏瞑者，饫之若醍醐：枯吻，干燥的嘴唇。陆羽《茶经》："茶之为用，味至寒，为饮，最宜精行俭德之人。若热渴、凝闷，脑疼、目涩，四支烦、百节不舒，聊四五啜，与醍醐、甘露抗衡也。"　⑫咈(fú)：违背、违逆。⑬狷介：洁身自好，不与人苟同。　⑭比伦：匹敌。　⑮黄太史鲁直之赋：黄庭坚《煎茶赋》。⑯狐射姑：晋国大夫狐偃的儿子曾经随晋文公重耳流亡十九年。晋文公即位后，封狐射姑到贾，所以狐射姑也叫贾季，贾姓始祖之一。　⑰治安之策：贾谊曾上《治安策》，针砭时弊。⑱绛灌：系汉绛侯周勃与颍阴侯灌婴的并称。　⑲乂(yì)其疏逖之属：乂，治理。疏逖，指远方的地方。　⑳稔(rěn)恶不悛(quān)：稔，积累。悛，悔改。意为作恶多端而不知悔改。㉑无何：没有多久。

谢宗可

谢宗可，金陵（今江苏南京）人，生平事迹不详。有《咏物诗》，录其诗作百余首。

茶　筅

此君一节莹无瑕，夜听松声漱玉华。万缕引风归蟹眼，半瓶飞雪起龙牙①。
香凝翠发云生脚，湿满苍髯浪卷花②。到手纤毫皆尽力，多因不负玉川家。

①龙牙：即龙芽茶。谢宗可《煮茶声》："龙芽香暖火初红，曲几蒲团听未终。"　②香凝翠

发云生脚，湿满苍髯浪卷花：朱权《茶谱》："茶筅，截竹为之。广、赣制作最佳。长五寸许，匙茶入瓯，注汤筅之，候浪花浮成云头雨脚乃止。"云脚、苍髯、浪花皆是指汤花。

半日闲

闲处光阴未有涯，偶然一晌到山家。坐看云起昼停午①，静听泉流日未斜。槐影正圆初破睡，竹阴微转罢分茶。也胜忙里风波客②，十二时中老鬓华。

①停午：正午。　②风波客：即烟波客，典出《新唐书·张志和传》。指寄情山水之间，不求仕宦之人。

吴克恭

吴克恭，毗陵（江苏常州）人，字寅夫。性好读书，着意于古文，不求仕进。其诗作主要保存在《草堂雅集》之中。《元诗选》亦有辑汇，并题为《寅夫集》。

阳羡茶

南岳高僧开道场①，阳羡贡茶传四方②。蛇衔事载《风土记》③，客寄手题春雨香。故人惠泉龙虎蹙④，吾兄紫笋鸿雁行⑤。安得茅斋傍青壁，松风石鼎夜联床⑥。

①南岳：即宜兴南岳寺。道场：宣扬佛法、修炼道行的场所。亦指佛教徒、道教徒所做法事。　②阳羡：即今江苏省宜兴县。　③蛇衔：陆廷灿《续茶经》："义兴南岳寺，唐天宝中，有白蛇衔茶子坠寺前，寺僧种之庵侧，由此滋蔓，茶味倍佳，号曰蛇种。"《风土记》：即晋人周处所著《风土记》，或称《阳羡风土记》。已佚。　④惠泉：惠山泉，被誉为天下第二泉。在江苏无锡惠山山麓，故名。苏轼有"独携天上小团月，来试人间第二泉"之句。蹙：接近。　⑤鸿雁行：《礼记·王制》："父之齿随行，兄之齿雁行，朋友不相逾。"言兄弟出行，弟在兄后。后以"鸿雁行"为兄弟之称。　⑥联床：亦作"连床"。指并榻或同床而卧，多形容情谊笃厚。白居易《奉送三兄》："杭州暮醉连床卧，吴郡春游并马行。"

李德载

李德载，工曲，存《赠茶肆》小令10首。

[中吕]阳春曲・赠茶肆(节选)

茶烟一缕轻轻飏，搅动兰膏四座香，烹煎妙手赛维扬[1]。非是谎，下马试来尝。

①维扬：扬州的别称。

第五章　明代茶文学

明代出现了饮茶史上的重大变革，太祖朱元璋认为进贡团饼茶太"重劳民力"，遂"罢造龙团，惟采茶芽以进。"废团兴散召令的颁布有力地推动了芽茶和叶茶的蓬勃发展。随着散茶的出现，主流的饮茶法由煎煮法改为随泡随饮的瀹泡法，这是饮茶法上的一次革新。

饮茶器具和方法的简化使得饮茶变得更为普及、便捷。时人在饮茶中追求自然美和意境美，注重品茗意境的选择与营造，包括了茶品、泉品、插花、择果、茶客等，倡导自然、质朴、雅致的艺术追求，达到和谐自然、融为一体的品饮境界。陈继儒的《试茶》："绮阴攒盖，灵草试奇。竹炉幽讨，松火怒飞。水交以淡，茗战而肥。绿香满路，永日忘归。"有之。

明代茶文学作品繁多，真实而全面地记录了明代的茶事审美活动。文士茶人将茶事作为修身养性、追寻自我之道，展现出文士茶人平和恬静、悠闲自在、任随自然、与世无争的"闲适之趣"，同时也蕴含了一种清逸典雅的美学追求。文士们通过诗词著述，宣扬饮茶的艺术和体会，对茶文化的传播与发展起着主导作用。不少文人雅士还有茶画之作，如唐伯虎的《事茗图》《品茶图》，文徵明的《惠山茶会图》《品茶图》等。

此外，特别值得一提的是，明代还有不少反映人民疾苦、讥讽时政的咏茶诗，如高启的《采茶词》。又如明代正德年间身居浙江按察佥事的韩邦奇，根据民谣加工润色而写成的《富阳民谣》，揭露了当时浙江富阳贡茶和贡鱼扰民害民的苛政。

唐桂芳

唐桂芳(1308—1381)，歙县(今安徽歙县)人，字仲实，世称白云先生。初荐为崇安县教谕、南雄路学正，不就。朱元璋召见，问平天下之道，他以不嗜杀人对。有《武夷小稿》《白云集略》。

五月十六夜汲扬子江心泉煮武夷茶戏成一绝

三更无寐坐官航[①]，澹月朦胧色似霜[②]。扬子江心泉第一，何妨为煮建茶香。

①官航：即官船。 ②澹月：淡薄的月色。

蓝 仁

蓝仁(1315—?)，崇安(今福建武夷山)人，字静之。与弟蓝智俱师从杜本，崇尚古学，绝意仕进，一意为诗，为明初开闽中诗派先河者。有《蓝山集》。

谢卢石堂惠白露茶

武夷山里谪仙人[①]，采得云岩第一春[②]。丹灶烟轻香不变[③]，石泉火活味逾新。春风树老旗枪尽，白露芽生粟粒匀[④]。欲写微吟报佳惠[⑤]，枯肠搜尽兴空频。

①谪仙人：谪居世间的仙人，范仲淹《和章岷从事斗茶歌》："溪边奇茗冠天下，武夷仙人从古栽。" ②云岩：高耸入云的山岩。 ③丹灶：炼丹所用炉灶。代指茶灶。 ④粟粒：指茶。苏轼《荔支叹》："君不见武夷溪边粟粒芽，前丁后蔡相笼加。" ⑤微吟：吟咏。佳惠：对别人施与恩惠的敬称。

胡 奎

胡奎(1331—?)，海宁(今浙江海宁)人，字虚白，号斗南老人。曾游于名士贡师泰之门。入明以儒学征，官宁王府教授。诗多乐府古题，著《斗南老人集》。

何本先以天香茶见惠，奉赋一首

金粟与金芽，都收陆羽家。候雷春采叶，和月夜分花。暖焙筠笼火，凉敲玉臼砂。比圭方不琢，如璧莹无瑕。饼制龙团小，书封白绢斜。奇芬疑入麝[①]，古字学盘蛇[②]。清可轻肌骨，甘须沃齿牙。唤醒蟾窟梦[③]，直欲佩飞霞。

①麝：见丁谓《煎茶》注。 ②盘蛇(yí)：盘绕曲折的样子。 ③蟾窟：亦作蟾宫，指月宫。

高　启

高启(1336—1374),长洲(今江苏苏州)人,字季迪,号青丘子。明初参与编修《元史》,任翰林院国史编修。有《高太史大全集》。

采茶词

雷过溪山碧云暖,幽丛半吐枪旗短。银钗女儿相应歌,筐中摘得谁最多?归来清香犹在手,高品先将呈太守①。竹炉新焙未得尝,笼盛贩与湖南商。山家不解种禾黍,衣食年年在春雨。

①高品:上品,指质量很好的茶。

朱　权

朱权(1378—1448),号臞仙、涵虚子、丹丘先生。明太祖朱元璋第十七子,封宁王。卒谥献,世称宁献王。

茶　谱(节选)

茶之为物,可以助诗兴而云山顿色,可以伏睡魔而天地忘形,可以倍清谈而万象惊寒,茶之功大矣。其名有五:曰茶、曰槚、曰蔎、曰茗、曰荈。一云早取为茶,晚取为茗。食之能利大肠,去积热,化痰下气,醒睡,解酒,消食,除烦去腻,助兴爽神。得春阳之首,占万木之魁。始于晋,兴于宋。惟陆羽得品茶之妙,著《茶经》三篇,蔡襄著《茶录》二篇。盖羽多尚奇古,制之为末,以膏为饼。至仁宗时,而立龙团、凤团、月团之名,杂以诸香,饰以金彩,不无夺其真味。然天地生物,各遂其性,若莫叶茶①,烹而啜之,以遂其自然之性也。予故取亨茶之法②,末茶之具,崇新改易,自成一家。为云海餐霞服日之士③,共乐斯事也。虽然会茶而立器具,不过延客款话而已,大抵亦有其说焉。凡鸾俦鹤侣④,骚人羽客⑤,皆能志绝尘境,栖神物外,不伍于世流,不污于时俗。或会于泉石之间,或处于松竹之下,或对皓月清风,或坐明窗静牖,乃与客清谈款话,探虚玄而参造化,清心神而出尘表。命一童子设香案,携茶炉于前,一童子出茶具,以瓢汲清泉注于瓶而炊之。然后碾茶为末,置于磨令细,以罗罗之,候汤将如蟹眼,量客众寡,投数匕入于巨瓯。候茶出相宜,以茶筅摔令沫不浮,乃成云头雨脚⑥,分于啜瓯,置之竹架,童子捧献于前。主起,举瓯奉客曰:"为君以泻清臆。"客起接,举瓯曰:"非此不足以破孤闷。"乃复坐。饮毕,童子接瓯而退。话久情长,礼陈再三,遂出琴棋,陈笔研。或庚歌,或鼓琴,或弈棋,寄形物外,与世相忘,斯则知茶之为物,可谓神矣。然而啜茶大忌白丁,故山谷曰⑦:"著茶须是吃茶人。"更不宜花下啜,故山谷曰:"金谷看花莫漫煎"是也⑧。卢仝吃七碗,老苏不禁三碗,予以一瓯,足可通仙灵矣。使二老有知,亦为之大笑,其他闻之,莫不谓之迂阔⑨。

①若莫:莫若。哪里比得上。 ②亨:同"烹"。 ③云海餐霞服日之士:指在山中修仙学道的人。 ④鸾俦鹤侣:与鸾鹤为伴的人。指修仙学道的人。 ⑤骚人:诗人。羽客:道士。 ⑥云头雨脚:古人用来形容茶汤表面汤花的用语。古人点茶,放入茶末,用茶筅调和搅动,形成茶水一体的汤花。汤花是云头,略宽大。汤花边缘的水痕为雨脚。 ⑦山谷:黄庭坚号山谷道人。 ⑧金谷看花莫漫煎:王安石《寄茶与平甫》:"碧月团团堕九天,封题寄与洛中仙。石楼试水宜频啜,金谷看花莫漫煎。"煮鹤焚琴、对花喝茶皆为煞风景之行,故有此句。 ⑨迂阔:不切实际。

(明)仇英:赵孟頫写经换茶图(局部)

王 越

王越(1426—1499),濬县(今河南省浚县)人,字世昌。景泰二年(1451)进士,其人博涉书史，诗歌文章援笔就成。又善骑射，有勇谋，官至兵部尚书。

蒙顶石花茶[①]

闻道蒙山风味嘉，洞天深处饱烟霞。冰绡碎剪先春叶[②]，石髓香粘绝品花[③]。蟹眼不须煎活水，酪奴何敢斗新芽[④]。若教陆羽持公论，当是人间第一茶。

①蒙顶石花茶：产自蒙山，在今四川雅安。 ②冰绡：薄而洁白的丝绸。 ③石髓：即石钟乳。古人用于服食，也可入药。 ④酪奴：茶的别名。王肃嗜茶，有“茗与酪作奴”之语。见万邦宁《茗史》。

（明）丁云鹏：玉川煮茶图

沈　周

沈周(1427—1509)，长洲(今江苏苏州)人，字启南，号石田、白石翁。善画山水、花卉和写意人物，兼工书法，名重于时。有《石田集》《客座新闻》等。

月夕，汲虎丘第三泉煮茶，坐松下清啜

夜扣僧房觅涧腴[①]，山童道我吝村沽[②]。未传卢氏煎茶法[③]，先执苏公调水符[④]。石鼎沸风怜碧绉[⑤]，磁瓯盛月看金铺。细吟满啜长松下，若使无诗味亦枯。

①涧腴：山泉。 ②村沽：即村酤，乡村自酿的酒。 ③卢氏：卢仝。 ④苏公调水符：相传苏轼喜用玉女河水煮茶，破竹为券，以为往来取水之凭证。见刘源长《茶史》。 ⑤碧绉：绉为一种有皱纹的丝织品。此处指茶汤上碧绿的浮沫。

程敏政

程敏政(1445—1499),徽州休宁(今安徽休宁)人,字克勤,幼时聪敏,读书翰林院。成化二年(1466)进士,官至礼部右侍郎。有《新安文献志》《明文衡》《篁墩集》等。

竹茶炉卷(其一)

惠山听松庵有王舍人孟端竹茶炉[①],既亡而复,秦太守廷韶尝求予诗[②]。后,予过惠山庵,僧因出此炉,吟赏竟日,盖十余年矣。观吴同寅原博及虞舜臣倡和卷[③],慨然兴怀,辄继声其后得二章。

新茶曾试惠山泉,拂拭筠炉手自煎。拟置水符千里外[④],忽惊诗案十年前[⑤]。野僧暂挽孤帆住,词客遥分半榻眠。回首旧游如昨日,山中清乐羡君全。

①王舍人孟端:王绂,无锡(今江苏无锡)人,字孟端,明初画家。　②秦太守廷韶:秦夔,无锡(今江苏无锡)人,字廷韶。　③吴同寅原博:即吴宽。吴宽,长洲(今江苏苏州)人,字原博。虞舜臣:盛虞,无锡(今江苏无锡)人,字舜臣。工山水画。　④水符:调水符。　⑤诗案:即"乌台诗案"。

(明)文徵明:惠山茶会图

张　恺

张恺(1453—1538),无锡(今江苏无锡)人,字元之,号企斋、东洛。成化二十年(1484)进士,屡遭沉升。后复起,官至福建都转运使。编修《常州府志续集》。

和吴文定竹茶炉原韵[①]

紫竹炉头碧瓮泉，殷勤并做一家煎。隔帘疑雾飞檐外，翻鼎惊雷落座前。龙凤饼从南粤制[②]，羲皇人在北窗眠[③]。余香啜尽无余事，和就新诗句法全。

①吴文定：即吴宽，长洲（今江苏苏州）人，字原博，号匏庵、玉延亭主。竹茶炉：为惠山听松庵一盛景。传为僧性海所制，时人多有吟哦。详见《锡山景物略》。吴文定竹茶炉原韵：吴宽《匏翁家藏集》作《观盛舜臣所藏竹炉，盖访惠山元僧之制，其伯父侍郎公铭其傍》，《无锡金匮县志》作《盛舜臣新制竹茶炉》。　②南粤：粤即越，南粤应指南方百越部落。　③羲皇人在北窗眠：羲皇，即古帝王伏羲氏。陶潜《与子俨等疏》："常言五六月中，北窗下卧，遇凉风暂至，自谓是羲皇上人。"后以此指闲逸自得的生活。

邵　宝

邵宝（1460—1527），无锡（今江苏无锡）人，字国贤，号二泉。成化二十年（1484）进士，官至南京礼部尚书，谥文庄。有《容春堂集》。

松坛午坐与送茶诸僧[①]

竹里风来生昼凉，况逢时节近端阳。也知城外尘能少，却道山中日更长。云壑飞泉频倚杖，松坛磐石漫焚香。老僧供茗浑忘味，好向嵩峰问溥光[②]。

①松坛：惠山听松庵有胜景双古松，疑即此。　②嵩峰：即嵩山。溥光：元代高僧、书法家。俗姓李，字元晖。以翰墨名于世，封昭文馆大学士，赐号玄悟大师。

王　缜

王缜（1462—1523），东莞（今广东东莞）人，字文哲，号梧山。弘治六年（1493）进士，官至南京户部尚书。有《梧山集》。

史知山光禄惠新茶并长歌倚韵答之

建溪雷信催雪雨，雀舌初生毛半竖。旋吹赐火试新茶[①]，谏议元是赏音人[②]。分来粟粒奇芳具，独许诗肠知此味[③]。自从陆氏著新经，初觉松涛忽泉沸。黄金价重起西巴[④]，紫笋香浮播押衙[⑤]。玉乳碾尘消酒渴，月团飞凤破淫哇。君歌明珠艳，我和欲垂鉴。君斗早战酣，我亦思鸣剑[⑥]。乃知草木才可荐，今古贤愚同口羡。嗟予性僻为吟苦，梦回昼漏初惊午。七碗洗尽，万斛愁苦。

①赐火：清明节前一二日为寒食，有禁火食冷之俗。因而清明当日有改火之俗，即点燃火种。宫中亦在此时赐火近臣。②谏议：孟谏议。赏音人：知音。晏几道《玉楼春》："坐中应有赏音人，试问回肠曾断未。" ③诗肠：指诗情。杨万里《清明果饮》："绝爱杞萌如紫蕨，为烹茗碗洗诗肠。" ④黄金：即龙团凤饼。苏颂《次韵李公择送新赐龙团与黄学士三绝句》："黄金芽嫩先春发，紫碧团芳出焙来。"西巴：地名，三巴之一（巴郡、东巴、西巴），在今四川省东部。 ⑤押衙：即押牙，唐宋武官名。 ⑥鸣剑：宝剑。

（明）文徵明：品茶图

文徵明

文徵明（1470—1559），长洲（今江苏苏州）人，初名壁，一作璧，以字行，更字徵仲，号衡山居士。出身于官宦之家，自幼聪颖，少时学文于吴宽，学书法于李应祯，学画于沈周，诗、文、书、画闻名一时。擅画山水，花卉、兰竹、人物亦精。其画风多有承传，形成"吴门派"。有《惠山茶会图》《品茶图》等画作，有《甫田集》行于世。

煮　茶

绢封阳羡月，瓦缶惠山泉。至味心难忘，闲情手自煎。地垆残雪后[①]，禅榻晚风前[②]。为问贫陶谷[③]，何如病玉川。

①垆：古时酒店里安放酒瓮的土台子。　②禅榻：禅床。杜牧《题禅院》诗："今日鬓丝禅榻畔，茶烟轻飏落花风。"　③陶谷：字秀实，新平（今陕西彬县）人。宋初为礼部尚书翰林承旨。强记嗜学，博通经史，诸子佛老，咸所综览。多蓄法书名画。有《荈茗录》等著作。陆廷灿《续茶经》引《类苑》载："学士陶谷得党太尉家姬，取雪水烹团茶以饮，谓姬曰：'党家应不识此？'姬曰：'彼粗人安得有此，但能于销金帐中浅斟低唱，饮羊膏儿酒耳。'陶深愧其言。"

煎茶诗赠履约

嫩汤自候鱼生眼，新茗还夸翠展旗。谷雨江南佳节近，惠泉山下小船归。山人纱帽笼头处[①]，禅榻风花绕鬓飞。酒客不通尘梦醒[②]，卧看春日下松扉[③]。

①山人：隐居山中的士人。纱帽笼头：卢仝《走笔谢孟谏议寄新茶》："柴门反关无俗客，纱帽笼头自煎吃。"　②酒客：嗜酒的人，亦指宴会中的客人。　③松扉：柴门。

邵二泉司徒以惠山泉饷白岩先生，适吴宗伯宁庵寄阳羡茶亦至，白岩烹以饮，客命余赋诗[①]

谏议印封阳羡茗[②]，卫公驿送惠山泉[③]。百年佳话人兼胜，一笑风檐手自煎。闲兴未夸禅榻畔，月明还到酒樽前。品尝只合王公贵[④]，惭愧清风被玉川。

（明）陈洪绶：停琴啜茗图（局部）

①邵二泉：邵宝，江苏无锡(今江苏无锡)人，字国贤，号二泉。白岩先生：乔宇，乐平(今山西昔阳)人，字希大，号白岩。吴宗伯宁庵：吴俨，南直隶宜兴县人(今江苏宜兴)人，字克温，号宁庵，官至南京礼部尚书。宗伯：礼部尚书的别称。 ②谏议：指孟谏议。卢仝《走笔谢孟谏议寄新茶》"口云谏议送书信，白绢斜封三道印"之句。 ③卫公：指李德裕。相传李德裕好饮惠山泉，曾置驿传送，号水递。 ④品尝只合王公贵，惭愧清风被玉川：引卢仝《走笔谢孟谏议寄新茶》"至尊之余合王公，何事便到山人家"之句。

杨　慎

杨慎(1488—1559)，新都(今四川成都)人，字用修，号升庵。正德六年(1511)状元，授翰林修撰。著述宏富，所涉广博。后人辑其著作为《升庵集》。

月团茶歌

唐人制茶，碾末以酥滫为团①。宋世尤精。前自元代以来，其法遂绝。予效而为之，盖得其似。始悟唐人咏茶诗所谓"膏油首面"、所谓"佳茗似佳人"②、所谓"绿云轻绾湘娥鬟"之句③。饮啜之余，因作诗纪之，并传好事。

腻鼎腥瓯芳醑兰④，粉枪末旗香杵残。秦女绿鬟云扰扰⑤，班姬宝扇月团团⑥。兰膏点缀黄金色，花乳清冷白玉澜。先春北苑移根易，勺水南泠别味难⑦。

①滫(xiǔ)：古代烹调方法，用淀粉调和食物，使之柔滑。 ②膏油首面、佳茗似佳人：语出苏轼《次韵曹辅寄壑源试焙新芽》。 ③绿云轻绾湘娥鬟：语出李咸用《谢僧寄茶》。 ④醑(xǔ)兰：美酒。 ⑤秦女：亦称秦娥、秦王女，相传为秦穆公之女弄玉，善吹笙。绿鬟：乌黑发亮的发髻。扰扰：形容纷乱的样子。 ⑥班姬宝扇月团团：班婕妤《怨歌行》："裁作合欢扇，团团似明月。" ⑦勺水南泠别味难：南泠即中泠泉。相传陆羽善别水，李季卿曾以南泠水试之。取水军士以江水杂南泠泉水进，陆详辨之。见张又新《煎茶水记》。

王渐逵

王渐逵(1498—1558)，番禺(今广东广州)人，字鸿山，一字用仪，号青萝子，又号大隐山人。正德十二年(1517)进士。有《青萝文集》。

避暑山中十咏·煎茶

爱尔紫团茗①,来烹玉井泉。茗分樵岭远,泉出越山鲜。一歃消烦渴②,千方亦浪传。茶经看独卧,品制得新诠。

①紫团:即紫云,祥云。 ②歃(shà):饮。

欧大任

欧大任(1516—1596),顺德(今广东顺德)人,字桢伯,号伦山。嘉靖四十二年(1563)以岁贡生选授江都训导,官至南京工部郎中。名列"广五子""南园后五子"中。诗文受王世贞影响极大。有《百越先贤志》《思玄集》《旅燕集》等。

雱上人裹白云茶至,汲大明水试之,同次甫斋中作①

闻师曾采虎丘茶,还汲清冷煮雪芽。无双亭下长镵客②,第五泉头大士家③。

①大明水:即扬州江都大明寺井水。有第五泉之美誉。 ②无双亭:亭名,故址在今江苏省扬州市内。其地后土庙琼花古称天下无双,以花名亭。长镵(chán):亦作"长搀"。古代踏田农具。 ③第五泉头:即大明寺井。大士:对高僧的敬称。

王世贞

王世贞(1526—1590),江苏太仓(今江苏太仓)人,字元美,号凤洲、弇州山人。嘉靖二十六年(1547)进士,官至南京刑部尚书。工诗文,身经三朝,登第四十余年,后七子中才最高。在文学、学术上成就卓著,著作颇富。有《弇州山人四部稿》《觚不觚录》《弇山堂别集》等。

追补姚元白市隐园十八咏·茶泉[①]

先从陆羽品，旋向君谟斗。蟹眼初泼时，灵犀已潜透[②]。

①姚元白：姚淛，字符白，号秋涧。弱冠入太学，授鸿胪卿，不就。居秦淮，辟市隐园。②灵犀：相传犀牛是一种神奇异兽，犀角有如线般的白纹，可相通两端感应灵异。后比喻不须透过言语，即能让彼此情感相通。李商隐《无题》："身无彩凤双飞翼，心有灵犀一点通。"

李于鳞损饷诸物，侑以新诗走笔为谢龙井茶[①]

龙井依分玉乳花，虎丘余剪碧璚芽[②]。何时踞坐松阴下[③]，纱帽藤衫对品茶[④]。

①李于鳞：李攀龙，历城（今山东济南）人，字于鳞，号沧溟。嘉靖进士。与王世贞同为后七子。饷（xiǎng）：赠送。侑（yòu）：报答。 ②虎丘：山名，在江苏省苏州市西北。又作茶名。璚（qióng）：同"琼"，美玉。璚芽，指茶芽。 ③踞（jù）坐：伸开两只脚，双膝弓起坐着。这种姿态带有倨傲不恭、旁若无人之意。 ④藤衫：指粗糙、简单的衣服。

和东坡居士煎茶韵[①]

洪都鹤岭太粗生[②]，北苑凤团先一鸣。虎丘晚出谷雨候，百斗百品皆为轻。慧水不肯甘第二，拟借春芽冠春意。陆郎为我手自煎[③]，松飙写出真珠泉[④]。君不见蒙顶空劳荐巴蜀，定红输却宣瓷玉[⑤]。毡根麦粉填调饥[⑥]，碧纱捧出双蛾眉。搊筝炙管且未要[⑦]，隐囊筠榻须相随[⑧]。最宜纤指就一吸，半醉倦读离骚时。

①东坡居士煎茶韵：即苏轼《试院煎茶》。 ②洪都：南昌的别称。鹤岭：岭名，在江西南昌西山。指鹤岭茶。毛文锡《茶谱》："洪州西山白露及鹤岭茶极妙。" ③陆郎：陆羽。④松飙：松风，松涛。真珠泉：在宜兴南岳寺。万邦宁《茗史》："义兴南岳寺有真珠泉，稠锡禅师尝饮之。曰：此泉烹桐庐茶，不亦可乎。" ⑤定红：定州窑出产的红瓷。宣瓷玉：宣州窑出产的瓷器，色白。 ⑥毡（zhān）根：羊肉的别称，又作羶根。调饥：朝饥，早上没吃东西时的饥饿状态。形容渴慕的心情。 ⑦搊（chōu）筝炙管：指弹拨古筝，品评笙箫。 ⑧隐囊：供人倚凭的软囊。犹今之靠枕、靠褥之类。筠（yún）榻：竹床。

王稚登

王稚登(1535—1612),字百谷,先世江阴(今江苏江阴)人,移居苏州。曾为武进邑诸生,入太学。诗文皆工,继文徵明后主持吴中文坛三十余年。诗文名满海内,著作多收入《王百谷全集》。

题唐伯虎《烹茶图》为喻正之太守三首①

太守风流嗜酪奴②,行春常带煮茶图③。图中傲吏依稀似④,纱帽笼头对竹炉。

灵源洞口采旗枪⑤,五马来乘谷雨尝⑥。从此端明茶谱上⑦,又添新品绿云香。

伏龙十里尽香风⑧,正近吾家别墅东。他日干旄能见访⑨,休将水厄笑王蒙。

(明)唐寅:事茗图

①喻正之:喻政,字正之,号鼓山主人。万历二十三年(1595年)进士。曾任南京兵部郎中、福州太守。收集、编校古今茶书,合订为《茶书》。另著有《茶集》。 ②风流:优雅的趣味。酪奴:茶的别称。 ③行春:官吏春日出巡,亦泛指游春。 ④傲吏:郭璞《游仙诗》:"漆园有傲吏,莱氏有逸妻。"傲吏原指庄子,后泛指不为礼法所屈的官吏。 ⑤灵源洞:在今福州晋安区鼓山风景区。蔡襄有《游鼓山灵源洞》诗。 ⑥五马:太守的代称。汉时以四马载车为常礼,惟太守则增一马,故称为"五马"。《陌上桑》:"使君从南来,五马立踟蹰。" ⑦端明茶谱:端明,即蔡襄。端明茶谱,即蔡襄所著《茶录》一书。 ⑧伏龙:潜伏的龙。比喻隐居的贤人。 ⑨干旄(máo):古时用旄牛尾系在旗杆顶端的仪仗,后用以指显贵官吏。

徐 𤊹

徐𤊹(1563—1639),闽县(今福建福州)人,字惟起,一字兴公,别号三山老叟、天竿山人、鳌峰居士。博学多才,熟悉地方文献,先后三次参加《福州府志》编修工作,还修撰《雪峰志》《鼓山志》《武夷志》《榕城三山志》等。同时亦是闽中藏书大家。有《荔枝谱》《笔精》《茶考》《茗谭》等。

武夷采茶词

结屋编茅数百家,各携妻子住烟霞。一年生计无他事,老穉相随尽种茶[①]。荷锸开山当力田[②],旗枪新长绿芊绵[③]。总缘地属仙人管,不向官家纳税钱。万壑轻雷乍发声,山中风景近清明。筠笼竹筥相携去[④],乱采云芽趁雨晴。竹火风炉煮石铛,瓦瓶碟碗注寒浆。啜来习习凉风起,不数蒙山顾渚香。荒榛宿莽带云锄[⑤],岩后岩前选奥区[⑥]。无力种田来莳茗[⑦],宦家何事亦征租。山势高低地不齐,开园须择带沙泥。要知风味何方美,陷石堂前鼓子西[⑧]。

①穉(zhì):同"稚"。 ②锸(chā):铁锹。 ③芊绵:草木繁密茂盛的样子。 ④筠笼竹筥:采茶竹篮。 ⑤荒榛宿莽:草木丛生的地方。 ⑥奥区:腹地,深奥之处。 ⑦莳:栽种。 ⑧陷石堂:在武夷山桃源洞。鼓子:武夷山鼓子峰。

茗 谭(节选)

品茶最是清事,若无好香在炉,遂乏一段幽趣。焚香雅有逸韵,若无名茶浮碗,终少一番胜缘。是故茶、香两相为用,缺一不可。飨清福者,能有几人?

王佛大常言[①]:“三日不饮酒,觉形神不复相亲。”余谓一日不饮茶,不独形神不亲,且语言亦觉无味矣。

幽竹山窗,鸟啼花落,独坐展书。新茶初熟,鼻观生香,睡魔顿却,此乐正索解人不得也。

饮茶,须择清癯韵士为侣[②],始与茶理相契。若腯汉肥伧[③],满身垢气,大损香味,不可与作缘。

茶事极清,烹点必假娇童、季女之手,故自有致。若付虬髯苍头,景色便自作恶。纵有名产,顿减声价。

名茶每于酒筵间递进,以解醉翁烦渴,亦是一厄。

古人煎茶诗摹写汤候,各有精妙。皮日休云:“时看蟹目溅,乍见鱼鳞起。”苏子瞻云:“蟹眼已过鱼眼生,飕飕欲作松风鸣。”苏子由云:“铜铛得火蚯蚓叫。”李南金云:“砌虫唧唧万蝉催。”想像此景,习习风生。

①王佛大:东晋人王忱,小字佛大,官荆州刺史等,嗜酒。 ②清癯韵士:身材清瘦的雅人。 ③腯汉肥伧:肥胖粗鄙之人。

袁宗道

袁宗道(1560—1600),公安(今湖北公安)人,字伯修,号石浦。万历十四年(1586)进士。宗道与其弟宏道、中道文学主张相同,崇尚本色,反对摹拟,并称“公安三袁”。他的散文率真自然,游记作品清淡恬雅。有《白苏斋类稿》。

寿亭舅赠我宜兴瓶茶具酒具,一时精美,喜而作歌[①]

吾舅赠我宜兴瓶,色如羊肝坚如石。吾家复有古铜铛,莲子枯硬土花赤。茗品长兴弟虎丘[②],酿法蓟州兄三白[③]。酒苦茶香足我事,从此瓶铛不虚设。虚堂寂寂门下楗[④],惭无一技送晨夕。读书觉眉重,临池嫌腕拙。世间百事百不能,乍可衡茆甘局蹐[⑤]。云心斋前一片地[⑥],斑驳苔钱红间碧。珊瑚漆几博山炉[⑦],拂竹捎花巧排列。左置铛,右置瓶。大奴烧松根,小奴涤瓷罂。坐愁汤老手自瀹,才闻酒响涎不禁。三杯好颜色,七碗生寒栗。清冷顷觉肝肠换,磊块都从毛孔出[⑧]。刘伶颂酒不颂茗,屈生爱醒不爱醒。醒醒中间安置我,日日挈铛与挈瓶。况我此间蓬蒿宅,褊性畏人稀见客[⑨]。此物湖海清狂流,能攻吾短蠲吾癖。铛也老友瓶小友，竹也此君丈也石[10]。日与四子相周旋，共我山房呼五一。纷纷交态何须数，谁似尔我真莫逆。

①寿亭舅：龚仲庆，字惟长，号寿亭，袁宏道的舅父。 ②弟：逊于、不如。 ③蓟州：指蓟州所产之酒。或为薏苡仁酒。兄：胜过。三白：三白酒。谢肇淛《五杂组》："江南之三白，不胫而走半九州矣，然吴兴造者胜于金昌，苏人急于求售，水米不能精择故也。" ④楗(jiàn)：门上关插的木条，横的叫"关"，竖的叫"楗"。 ⑤乍可：只可。衡茆：亦作"衡茅"，简陋的茅屋。局蹐：亦作"局脊"，谨慎小心的样子。 ⑥云心斋：疑似龚寿亭所构书斋。⑦博山炉：名贵香炉的代称。因炉盖上的造型似传闻中的海中名山博山而得名。另说，以博山县所产铜所作，而得名。 ⑧磊块：石块，亦泛指块状物。此处比喻郁积在胸中的不平之气。 ⑨褊性：褊狭的脾性。系作者自嘲。 ⑩此君：指竹。《晋书·王徽之传》："尝寄居空宅中，便令种竹。或问其故，徽之但啸咏指竹曰：'何可一日无此君耶?'"丈也石：即石丈，奇石。叶梦得《石林燕语》："米芾诙谐好奇……知无为军，初入州廨，见立石颇奇，喜曰：'此足以当我拜'。遂命左右取袍笏拜之，每呼曰'石丈'。"

袁宏道

袁宏道(1568—1610)，公安(今湖北公安)人，字中郎，号石公。万历二十年(1592)进士，后弃官隐居，以文学著述为事。其兄宗道、弟中道皆有才名，三人文学主张相同，崇尚本色，反对摹拟，并称"公安三袁"，宏道成就最高。有《袁中郎全集》。

月下过小修净绿堂，试吴客所饷松萝茶[1]

碧芽拈试火前新，洗却诗肠数斗尘。江水又逢真陆羽，吴瓶重泻旧翁春[2]。和云题去连筐叶，与月同来醉道人。竹影一堂修碧冷，乳花浮动雪鳞鳞。

①小修：袁中道，公安(今湖北公安县)人，字小修。净绿堂：为袁中道读书草堂。②吴瓶：宜兴出产的茶具、酒具。见袁宗道《寿亭舅赠我宜兴瓶茶具酒具，一时精美，喜而作歌》。

范景文

范景文(1587—1644),吴桥(今河北吴桥)人,字梦叔,号思仁,谥文贞。万历四十一年(1613)进士,官至兵部尚书兼东阁大学士。有《大臣谱》,其子甥汇编其诗文为《范文忠集》。

赏新茶

吴兴故产茶①。家大人宦游兹地三年②,未尝以一叶归也。余素有茶癖,惟日煮清泉点以白石③,盖不欲以所嗜累大人清德耳。癸亥春④,客自燕⑤,携有新茗。取第一泉烹之⑥,因邀友人共啜。中有作诗赏之者,犹以为吴兴产也。随用其韵戏成此诗。

千钱市茗止争先,才过清明寄自燕。箬叶重封来马上,乳花细沸试铛前。严亲只饮湖州水⑦,座客还吟顾渚篇。为语兹非官橐物⑧,山泉亦附估人船⑨。

①吴兴:今湖州吴兴区。　②家大人:对他人称呼自己的父亲。此处指范永年。永年,号仁元,曾任湖州通判、知广西南宁府,为官清廉,有政声。　③白石:相传有神仙名白石先生,常煮白石为粮,得长寿,世人从之。常指道家服食辟谷。　④癸亥:天启三年,即 1623 年。　⑤燕:古国名,在今河北省北部和辽宁省南部。　⑥第一泉:即中泠泉。　⑦严亲:指父母,或单指父亲。　⑧官橐(tuó):橐,意为口袋。官橐,指官吏收入。　⑨估人:商人。

张　岱

张岱(1597—1680?),浙江山阴(今浙江绍兴)人,字宗子,一字石公,号陶庵。久居杭州。明亡,避居剡溪山,悲愤之情悉注于文字之中。有《琅嬛文集》《陶庵梦忆》《西湖梦寻》《石匮书》。

兰雪茶

日铸者①,越王铸剑之地也。茶味棱棱②,有金石之气。欧阳永叔曰:“两浙之茶,日铸第一。”王龟龄曰③:“龙山瑞草,日铸雪芽。”日铸名起此。京师茶客,有茶则至,意不在雪芽也。而雪芽利之,一如京茶式,不敢独异。

三娥叔知松萝焙法[4]，取瑞草试之，香扑冽。余曰："瑞草固佳，汉武帝食露盘，无补多欲。日铸茶薮[5]，'牛虽瘠，偾于豚上'也[6]。"遂募歙人入日铸。扚法[7]、掐法、挪法[8]、撒法、扇法、炒法、焙法、藏法，一如松萝。他泉瀹之，香气不出，煮禊泉[9]，投以小罐，则香太浓郁。杂入茉莉，再三较量，用敞口瓷瓯淡放之，候其冷；以旋滚汤冲泻之，色如竹箨方解[10]，绿粉初匀；又如山窗初曙，透纸黎光。取清妃白，倾向素瓷，真如百茎素兰同雪涛并泻也。雪芽得其色矣，未得其气，余戏呼之"兰雪"。

四五年后，"兰雪茶"一哄如市焉。越之好事者不食松萝，止食兰雪。兰雪则食，以松萝而纂兰雪者亦食，盖松萝贬声价俯就兰雪，从俗也。乃近日徽歙间松萝亦名兰雪，向以松萝名者，封面系换，则又奇矣。

①日铸：即日铸岭。位于绍兴市东南。产日铸茶，北宋时曾被列为贡品。欧阳修《归田录》："草茶盛于两浙，两浙之品，日铸第一。" ②棱（léng）棱：威严的样子，形容茶性。③王龟龄，即王十朋。字龟龄，号梅溪。有《知宗示提舶赠新茶诗某未及和偶建守送到小春分四饼因次其韵》："日铸卧龙非不美，贤如张禹想非真。" ④三娥叔：张岱三叔张炳芳，号九娥。松萝：指松萝茶，产于安徽省歙县。 ⑤茶薮：茶叶聚集的地方。 ⑥牛虽瘠，偾（fèn）于豚上：语出《左传·昭公十三年》："牛虽瘠，偾于豚上，其畏不死？"此句意为：牛虽然瘦，压在小猪身上，难道还害怕它不死？此喻日铸茶多，足可使用。 ⑦扚（dí）：手掐。 ⑧挪：揉搓。 ⑨禊（xì）泉：张岱《禊泉》："试茶，茶香发。新汲少有石腥，宿三日，气方尽。辨禊泉者无他法，取水入口，第挢舌舐腭，过颊即空，若无水可咽者，是为禊泉。" ⑩竹箨：笋壳。

周亮工

周亮工（1612—1672），河南祥符（今开封）人，字元亮，号栎园。明崇祯十三年（1640）进士。明亡仕清，累官两淮盐法道、扬州兵备道、福建按察使、布政使、户部右侍郎等职。周亮工多才多艺，酷爱绘画、书法、篆刻等。喜收藏，家中藏书甚丰。有《赖古堂全集》，另有《书影》《闽小纪》《读画录》《字触》等。

闽茶曲十首

龙焙泉清气若兰[1]，士人新样小龙团。尽夸北苑声名好[2]，不识源流在建安[3]。

①龙焙泉：自注：建州贡茶自宋蔡忠惠始。小龙团亦创于忠惠。时有士人亦为此之诮。龙焙泉在城东凤凰山下，一名御泉。宋时取此水造茶入贡。　②尽夸北苑声名好：自注：北苑，亦在郡城东。先是建州贡茶首称北苑龙团，而武夷石乳之名犹未著。至元设场于武夷，遂与北苑并称。今则但知有武夷，不知有北苑矣。　③不识源流在建安：自注：吴越间人颇不足闽茶，而甚艳北苑之名。实不知北苑在闽中也。

御茶园里筑高台①，惊蛰鸣金礼数该。那识好风生两腋，都从着力喊山来②。

①御茶园里筑高台：自注：御茶园在武夷第四曲，喊山台、通仙井皆在园畔。　②惊蛰鸣金礼数该。那识好风生两腋，都从着力喊山来：自注：前朝著令每岁惊蛰日有司为文致祭。祭毕，鸣金击鼓台上，扬声同喊，曰："茶发芽。"井水既满，用以制茶上供，凡九百九十斤。制毕，水遂浑浊而缩。

崇安仙令递常供①，鸭母船开朱印红②。急急符催难挂壁，无聊斫尽大王峰③。

①崇安仙令递常供：自注：新茶下，崇安令例致诸贵人。黄冠苦于追呼，尽斫所种武夷真茶，久绝。　②鸭母船：自注："漕篷船，前狭后广，延、建人呼为鸭母。"朱印：周密《武林旧事》："仲春上旬，福建漕司进第一纲蜡茶，名'北苑试新'。皆方寸小夸。进御止百夸，护以黄罗软盝，藉以青箬，裹以黄罗夹复，臣封朱印，外用朱漆小匣，镀金锁，又以细竹丝织笈贮之，凡数重。"　③无聊：生活穷困，无所依赖。

一曲休教松栝长①，悬崖侧岭展旗枪。茗柯妙理全为祟，十二真人坐大荒②。

①一曲休教松栝长：自注：茗柯为松栝蔽，不近朝曦，味多不足。地脉他分，树亦不茂。栝(guā)：桧树。　②茗柯妙理全为祟，十二真人坐大荒：自注：黄冠既获茶利，遂遍种之，一时松栝樵苏都尽。后百年为茶所困，复尽刈之，九曲遂濯濯矣。十二真人皆从王子骞学道者。十二真人：见董天工《武夷山志》卷十八"十三仙"条。

歙客秦淮盛自夸①，罗囊珍重过仙霞②。不知薛老全苏意，造作兰香诮闵家③。

①歙客：即闵汶水。　②仙霞：仙霞岭或仙霞关。位于闽浙赣三省交界，仙霞关为入闽要道。　③不知薛老全苏意，造作兰香诮闵家：自注：歙人闵汶水居桃叶渡上，予往品茶其

家，见其水火皆自任，以小酒盏酌客，颇极烹饮态。正如德山担《青龙钞》高自矜许而已，不足异也。秣陵好事者常诮闽无茶，谓闽客得闵茶，咸制为罗囊，佩而嗅之，以代栴檀。实则闽不重汶水也。闽客游秣陵者，宋比玉、洪仲韦辈，类依附吴儿，强作解事，贱家鸡而贵野鹜，宜为其所诮欤。三山薛老亦诋訾汶水也。薛常言汶水假他味逼作兰香，究使茶之本色尽失。汶水而在，闻此亦当色沮。薛常住岩崱，自为剪焙，遂欲驾汶水上。余谓：茶难以香名，况以兰尽。但以兰香定茶，咫见也。颇以薛老论为善。（德山担《青龙钞》：德山，即德山宣鉴禅师。《青龙钞》，即《青龙疏钞》，系德山对《金刚经》的注疏。《五灯会元》载：德山对《金刚经》研究颇深，在他出蜀途中，却被一妇人以《金刚经》中问题难倒。作者用此典故嘲讽闵汶水"高自矜许而已"。秣陵：即南京。旃檀：檀香。梵语 Candana 的音译。宋比玉：宋珏，字比玉，号荔枝仙。莆田人，工书画。中年流寓金陵，与金陵士人交善。有《荔枝谱》一卷。洪仲韦：洪宽，字仲韦。莆田人，旅居金陵，与金林名流交善。工书法，为宋献所称道。三山薛老：薛姓，福州人，其余未详。岩崱（lì zè）：鼓山岩崱峰。咫见：短见。）闵家：闵汶水，歙县人，善制茶，与董其昌、陈继儒、张岱等人善。事迹可见董其昌《容台集·别集》、张岱《陶庵梦忆》、俞樾《茶香室丛钞》等。

雨前虽好但嫌新，火气难除莫近唇。藏得深红三倍价，家家卖弄隔年陈①。

①"雨前"句至"家家"句：自注：上游山中人类不饮新茶，云火气足以引疾。新茶下，贸陈者急标以示，恐为新累也，价亦三倍。闽茶新下不亚吴越，久贮则色深红，味亦全变，无足贵。

延津廖地胜支提①，山下萌芽山上奇。学得新安方锡罐②，松萝小款恰相宜。

①延津：即延平津。廖地：明清时，延平府辖下永安县、南平县、建宁县皆有地名廖地。自注：前朝不贵闽茶，即贡，亦只备宫中浣濯瓯盏之需。贡使类以价货京师，所有者纳之。间有采办，皆剑津廖地产，非武夷也。黄冠每市山下茶，登山贸之。 ②学得新安方锡罐：自注：闽人以粗瓷胆瓶贮茶。近鼓山、支提新茗出，一时学新安，制为方圆锡具，遂觉神采奕奕。新安：古地名，即徽州地区。

太姥声高绿雪芽①，洞山新泛海天槎。茗禅过岭全平等，义酒应教伴义茶②。

①绿雪芽：太姥山茶名。自注：闽酒数郡如一，茶亦类是。今年得茶甚夥。学坡公义酒事，尽合为一。然与未合无异也。 ②义酒：同"义樽"，即混合酒。合众物为之称"义"。义

茶，即混合茶。“坡公义酒”事见苏轼《东雪堂义墨》。

桥门石录未消磨①，碧竖谁教尽荷戈②。却羡篯家兄弟贵③，新衔近日带松萝④。

①桥门石录未消磨：自注：蔡忠惠《茶录》石刻在瓯宁邑庠壁间。予五年前拓数纸寄所知，今漫漶不如前矣。　②碧竖谁教尽荷戈：自注：延郡人呼制茶人为碧竖。富沙陷后，碧竖尽在绿林中。　③篯家兄弟：即彭祖二子篯武、篯夷。或言武夷之名因二人而得。　④新衔近日带松萝：自注：崇安殷令招黄山僧以松萝法制建茶，遂堪并驾。今年余分得数两，甚珍重之。时有武夷松萝之目。新衔：新授予的官衔。

沤麻浥竹斩栟榈①，独有官茶例未除。消渴仙人应爱护，汉家旧日祀干鱼②。

①沤麻浥竹斩栟榈：自注：上游人沤麻为苎，浥竹为侧理，斩栟榈为器具，皆足自给，独焙茶大为黄冠累。栟榈：即棕榈。沤麻、浥竹：制麻、制竹质用具过程中都需要先将麻秆长时间浸泡在水中，软化其组织。沤、浥都是指浸泡的步骤。　②汉家旧日祀干鱼：董天工《武夷山志》载：“《汉郊祀志》：祀武夷君用干鱼，令祠官领之。”

彭孙贻

彭孙贻(1615—1673)，海盐(今浙江海盐)人，字仲谋，号羿仁。能诗善画，有文名。明亡后杜门著述。有《明朝纪事本末补编》《甲申以后亡臣表》《平寇志》《山中闻见录》《方士外纪》《茗斋诗文集》等。

过僧舍饮径山茶①

纸窗茅屋日西斜，闲坐僧房乞施茶。归路不知山月上，满天风叶未栖鸦。

①径山茶：茶名。产于浙江余杭、临安两县交界处的径山。

客有携蒙顶茶数片相饷，烹之，殊不称其名，戏作短歌

平生茶癖如痁瘕①，清入筋骨俱槎枒②。乱后兵戈塞天地，偤泛吴兴身采茶③。十年不

到阳羡市，陆羽祠前空落花。南来北客致酪茗，数片分遗出蒙顶。黝然石耳剥云根④，淡极冰芽生玉井。绳床对客各枯肠，三碗松风吸帘影。当年策马太山东⑤，云中遥认东蒙峰⑥。黄尘扑面触渴暑，乡心梦冷茶烟浓。只今高坐旗枪畔⑦，凫绎龟蒙意中见⑧。何因重到白云岩⑨，手摘春英炊雪笕⑩。

①症瘕(zhèng jiǎ)：腹中结块的病，坚硬不移动。　②楂枒(chá yá)：亦作楂牙、楂岈，形容错落不齐。　③偤(yóu)：即犹，仍然。　④石耳：附着在石面的地衣类植物。云根：唐宋诗人多称山石为"云根"。　⑤太山：即泰山。　⑥东蒙峰：即东蒙山，又称东蒙、蒙山。在今山东临沂西北、沂蒙山区腹地。　⑦只今：如今，现在。　⑧凫绎龟蒙：凫山、绎山、龟山、蒙山，均在山东省境内。　⑨白云岩：位于东蒙山上。　⑩雪笕：笕为引水的长竹管。雪笕即用长竹管引来的雪水。

王邦畿

王邦畿(1618—1668)，番禺(今广东广州)人，字诚籥。明末副贡生。明亡，隐居罗浮山。兴亡之感，家国之恨，悉发于诗，于岭南三大家外，自树一帜，著有《耳鸣集》，名列"岭南七子""粤东七子"。

采茶歌

南山有田不种桑，南山有地不种羊，南山有女不缝裳。女儿七岁学采茶，采茶换得金虾蟆①。虾蟆趯趯背光湿②，飞作金钗鬓边立。大姑小姑相欢呼，提筐戴笠日未晡③。春风冉冉吹百草，今朝不采明朝老。蚕女贤，茶女贤，火云生火烧目前④。解得目前渴，南山山雨来屋角。

①金虾蟆：即金蟾，传说它能口吐钱。民间有"刘海戏金蟾，步步钓金钱"的传说。②趯(tì)趯：跳跃的样子。　③晡(bū)：指午后三点至五点。　④火云：红云，指炎夏。

屈大均

屈大均(1630—1696)，番禺(今广东广州)人，初名绍隆，字翁山，又字介子。少为诸生。

清兵入粤时，曾参加抗清斗争。兵败后，削发为僧。中年还俗，游历南北。其诗多写民生疾苦，慷慨突兀，与陈恭尹和梁佩兰并称"岭南三大家"。有《道援堂集》《翁山诗外》《翁山文外》《广东新语》等。

饮武夷茶作

武夷新茗好，一啜使神清。色以真泉出，香因活火生。摘来从折笋[①]，烹处正啼莺。白白瓷杯里，花枝照愈明。

①折笋：武夷山接笋峰。自注：武夷茶以折笋峰茶洞种者为佳。

擂茶歌

东官土风多擂茶[①]，松萝茱萸兼胡麻。细成香末入铛煮，色如乳酪含井华。女儿一一月中兔[②]，日持玉杵同虾蟆。又如罗浮捣药鸟[③]，玎珰声出三石洼[④]。拂曙东邻及西舍，纤手所作喧家家。以淘粳饭益膏滑，不用酒子羹鱼虾[⑤]。味辛似杂贲隅桂[⑥]，浆清绝胜朱崖椰[⑦]。多饮往往愈腹疾，不妨生冷长浮瓜[⑧]。我来莞中亦嗜此，芥菘欲废春头芽。故人饷我日三至，丝绳玉壶提童娃。为君餍饫当湩酪[⑨]，方法归教双鬟丫。

①东官：东莞。 ②一一：完全一样。 ③罗浮捣药鸟：捣药鸟，即红翠。屈大均《广东新语》载：罗浮山冲虚观左洞天药市有捣药禽，其声玎珰如铁杵相击，山人寻其踪迹而得灵药。 ④石洼：山间地低。 ⑤粳饭：粳米做成的饭。酒子：酒，或酒初熟时的部分稠汁。 ⑥贲(bēn)隅：即番禺。地宜植桂。《山海经》："桂林八树在贲隅东。" ⑦朱崖：珠崖。今海南海口市。 ⑧浮瓜：即浮瓜沉李，语出曹丕《与朝歌令吴质书》："浮甘瓜于清泉，沉朱李于寒水。"以寒泉洗瓜果解渴。后常代指消夏乐事。 ⑨餍饫(yàn yù)：即丰富的食物。湩(dòng)酪：奶酪。

周千秋

周千秋，莆田(今福建莆田)人，字乔卿，号一邱。羽流，文雅能诗，与谢肇淛善。晚岁入武夷，曾构室于武夷山碌金岩。《武夷山志》有传。

雨后集徐兴公汗竹斋，烹武夷、太姥、支提、鼓山、清源诸茗[1]

乍听凉雨入疏棂[2]，亭畔箫箫万竹青。扫叶呼童燃石鼎，开函随地品《茶经》。灵芽次第浮云液[3]，玉乳更番入瓦瓶[4]。笑杀卢仝徒七碗，风回几簟梦初醒[5]。

①徐兴公：即徐𤊹。汗竹斋是其斋名。 ②棂：窗格。 ③云液：指茶汤。 ④更番：轮流。 ⑤簟：竹席。

于若瀛

于若瀛，济宁（今山东济宁）人，字文若，号子步，晚号念东。其诗不入当时流派，能自成一家。有《弗告堂集》。

龙井茶歌

西湖之西开龙井，烟霞近接南峰岭。飞流䨓汩写幽壑[1]，石磴纡曲片云冷[2]。拄杖寻源到上方，松枝半落澄潭静。铜瓶试取烹新茶[3]，涛起龙团沸谷芽[4]。中顶无须忧兽迹[5]，湖州岂惧涸金沙[6]。漫道白芽双井嫩[7]，未必红泥方印嘉[8]。世人品茶未尝见，但说天池与阳羡[9]。岂知新茗煮新泉，团黄分冽浮瓯面[10]。二枪浪自附三篇，一串应输钱五万。

①汩（gǔ）：水急流的样子。写：泄。 ②石磴：石阶。纡曲：迂回曲折。 ③铜瓶：铜质汲水器或储水器。 ④谷芽：指刚萌发的嫩芽。黄儒《品茶要录》："晴不至于暄，则谷芽含养约勒而滋长有渐，采工亦优为矣。" ⑤中顶：即上清峰茶，产自蒙山。见刘源长《茶史》。⑥金沙：即金沙泉，亦名涌金泉，在湖州长兴县啄木岭。相传修贡之时，即有泉水涌出，事毕则涸。见刘源长《茶史》。 ⑦白芽双井：名茶，产洪州（今江西南昌）。见欧阳修《归田录》。⑧红泥方印：指龙凤团茶。苏颂《次韵李公择送新赐龙团与黄学士三绝句》："红旗筠笼过银台，赤印囊封贡茗来。" ⑨天池、阳羡：皆地名。天池，苏州市木渎镇天池山。阳羡，今江苏省宜兴县。此处以地名指代所产之茶。 ⑩团黄：唐代有名茶蕲门团黄、鄂州团黄。见李肇《唐国史补》。

王慎中

王慎中，晋江（今福建晋江）人，字道思，号南江，别号遵岩居士。嘉靖五年（1526）进士，与唐顺之、归有光等人同为唐宋派主将。文章与唐顺之齐名，世人称为“王唐”。有《遵岩集》等著作行世。

唐有怀以九疑之茶分赠二首[①]

永州太守清于水[②]，囊携芳茗担还轻。却分囊茗过闽岭[③]，重儗千钧未比情[④]。

多病却无口腹营，独耽泉茗类顽僧。走向北山汲深涧，松月窗前自炀铛[⑤]。

①唐有怀：王慎中友人唐顺之父亲，武进（今江苏常州）人。曾任永州太守。九疑：亦作“九嶷”。山名，即苍梧山，在今湖南省宁远县。　②永州：今湖南省永州市。　③闽岭：闽地山岭。　④儗：通“拟”，比拟。　⑤炀：炊，烧火。

蒋文藻

蒋文藻，嘉兴（今浙江嘉兴）人，名元素，号林塘，别号春洲。与师姚绶同隐于嘉善（浙江嘉善）大云，书画亦肖其师。所作丛竹老木，尤苍劲有致。画作亦多朴野真率，为士人所尚。

立夏日俗尚斗茶，戏为煎煮。自谓曲几蒲团一领略车声羊肠之趣，啜宋宫绣茶不啻也，因成一律，复图此以纪其胜[①]

摘得琳腴及雨前[②]，日长煮水亦安禅[③]。花瓷雪涨鸡嗉暖[④]，石鼎云翻蟹眼鲜。行到碧藤分小浪，听来清磬绕孤烟。愿教高枕蓬窗下，检点枯肠卷五千。

①斗茶：嘉兴一地有立夏日亲友以茶果飨馈之俗，称立夏茶或七宝茶。后因豪富之家争奇斗丽，虽一啜而所费不赀。故名斗茶。曲几蒲团一领略车声羊肠之趣：黄庭坚《以小团龙及半挺赠无咎并诗用前韵为戏》：“曲几团蒲听煮汤，煎成车声绕羊肠。”绣茶：指龙凤团茶。因茶用五色龙凤图形装饰，故名。　②琳腴：常指美酒。此处指茶。　③安禅：佛教语。指静坐入定，俗称打坐。　④鸡嗉：亦作鸡素，鸡的嗉囊。借指盛物的小荷包，这里

疑指茶杯。

邓云霄

邓云霄，东莞(今广东东莞)人，字玄度，号虚舟。万历二十六年(1598)进士，工诗赋，以填词闻于岭南。有《百花洲集》《解弢集》等。

焙茶词

主人癖睡思饮茶，春雷初破黄金芽。云蒸露浥含灵气[①]，百草群花让清味。山翁穿入紫霞堆，采自仙人掌上来[②]。簇簇旗枪掌数斗，高斋钻燧燃榆柳[③]。呼童扇火红竹炉，薰笼残焙轻纱铺。芳香片片凌兰芷，恨无杨子中冷水[④]。井花初汲日迟迟，烹待南窗梦醒时。

①浥(yì)：湿润。　②紫霞堆、仙人掌：指产茶的地方。　③高斋：高雅的书斋。常用作对他人屋舍的敬称。　④杨子中冷水：即中泠泉。

卢龙云

卢龙云，南海(今属广东佛山)人，字少从，号启溟。万历间进士，曾知长乐县(今福建福州长乐区)，官至贵州参议。长于经学，有《易经补义》《尚论全篇》《四留堂稿》等书。

公远抵家后以顾渚新茶寄惠，且云其馨若兰用佐臭味之同也。赋此答之

归去名山次第看，天香采撷下云端。交缘比德人如玉，书为论心味若兰。紫笋远分春后色，碧涛偏助醉余欢。清风两腋吟怀豁，和雪空惭下里难[①]。

①和雪空惭下里难：雪，指《阳春白雪》，战国时代楚国的一种高雅乐曲。借指高雅的艺术作品，与《下里巴人》相对。

张 吉

张吉，余干(今江西余干)人，字克修，号翼斋、默庵、怡窝，别号古城。其文以平正通达见长。有《古城集》《陆学订疑》等。

题刘世熙爱茶卷[①]

世熙旧抱宿疾，或教其啜茶而愈，因有是号。时领提举司事，开局临清。

阳羡山人骨不凡，餐松绝粒栖翠岩[②]。爱君不惜致筐篚，自诧仙家风味酣[③]。归来画省青春好[④]，落花细细兼幽草。数瓯啜罢萧爽多，渐觉沉疴去如扫[⑤]。赤箭青芝世所珍[⑥]，宁知此物妙通神。《神农本草》偶遗略，欲著新经开我人。一炉一鼎深相结，水火中宵犹未灭。兴阑高枕神气清，片月孤梅幽梦切。

①刘世熙：刘杲，长洲(今江苏苏州)人，字世熙。曾以工部员外郎身份督造临清贡砖。题记"时领提举司事，开局临清"即指此事。 ②餐松绝粒：不食五谷，服食松实。 ③诧(chà)：夸耀。 ④画省：指尚书省。青春：春天。 ⑤沉疴：久治不愈的疾病。 ⑥赤箭青芝：赤箭为天麻之别名。青芝，即龙芝。赤箭、青芝皆为珍贵的中药材。

徐 熥

徐熥，闽县(今福建福州)人，字惟和，号幔亭。万历十六年(1588)举人。肆力工诗，其近体诗学习唐人；七律安雅婉丽，属对工巧；七绝声谐调畅，甚有情韵。有《幔亭集》。

病中试鼓山寺僧所惠新茶[①]

偃卧山窗日正长，老僧分赠茗盈筐。烧残榾柮偏多味[②]，沸出松涛更觉香。火候已周开鼎器，病魔初伏有旗枪。隔林况听莺声好，移向荼蘼架下尝[③]。

①鼓山寺：福州鼓山寺。 ②榾柮(gù duò)：见杨维桢《清苦先生传》注。 ③荼蘼：蔷薇科，半常绿蔓生灌木，花重瓣，有芳香。供观赏。

曹士谟

曹士谟，生平不详。有《茶事拾遗》一卷。

茶　要

名区胜种，采制精良，茶之禀受也。远道购求，重赀倍值[①]，茶之身价也。缓焙密缄，深贮少泄，茶之呵护也。清泉澄江，引汲新活，茶之正脉也。坚炭洪燃，文武相逼，茶之有功也。水火既济，汤以壮成，茶之司命也。壶盏雅洁，饶韵适宜，茶之安立也。诸凡器具，备式利用，茶之依附也。供役谨敏，如法执办，茶之倚任也。候汤急泻，爇盏徐倾[②]，茶之节制也。若断若续，亦梅亦兰，茶之真香也。露华浅碧，乍凝乍浮，茶之正色也。寓甘于苦，沃吻沁心，茶之至味也。吸香观色，呷嗛省味，茶之领略也。香散色浓，味极隽永，茶之毕事也。果蔬小列，澹泊鲜芳，茶之佐侑也。净几闲窗，珍玩名迹，茶之庄严也。瓶花檐竹，盆石垆香，茶之徒侣也[③]。山色溪声，草茵松盖，茶之亨途也。一镜当空，六花呈瑞[④]，茶之点缀也。景候和佳，情怡神爽，茶之旷适也。凄风冷雨，怀感寂寥，茶之炼境也。墨花毫彩，操弄咏吟，茶之周旋也。饮啜中度，赏识当家，茶之遇合也。禅房佛供，丹鼎天浆，茶之超脱也。密友谭心[⑤]，艳姬度曲，茶之惬趣也。芳溢甘余，厌斥它味，茶之独契也。茗战不争，汤社不党，茶之君子也。垒块填胸，浇洗顿尽，茶之钜力也。水厄无恙，香醉罔愆，茶之福德也。烦暑消渴，酩酊解酲，茶之小用也。蠲邪愈疾，祛倦益思，茶之伟勋也。备此乃可言茶，乃可与言茶也。

①赀（zī）：同“赀”，财。　②爇（ruò）：烘烤。　③徒侣：同辈。　④六花：雪花。　⑤谭：同“谈”。

第六章　清代茶文学

清代饮茶方式与器具沿袭明代，而茶类更为丰富。闽粤等地盛行工夫茶，发展出不同的饮茶特质。它讲究色香味的品鉴，也富有浓厚的生活气息。乾隆皇帝《冬夜煎茶》“气味清和兼骨鲠”，言武夷茶的韵味；袁枚《试茶》“磁壶袖出弹丸小”“一杯啜尽一杯，笑杀饮人如饮鸟”，言工夫茶道。还有释超全的《武夷茶歌》、查慎行的《武夷采茶词》，是深入武夷茶区的风土之歌。

在众多小说、话本、诗词中，茶文化的内容也得到充分展现。《红楼梦》中言及茶的多达 260 多处，咏茶诗词(联句)有 10 多首，风格独特充满浓厚生活气息。它涵盖了多样的饮茶方式、丰富的名茶品种、珍奇的古玩茶具和非凡的沏茶用水，是我国历代文学作品中记述和描绘最全面的。它形象地再现当时上至皇室官宦、文人学士，下至平民百姓的饮茶风俗。

陈维崧

陈维崧(1625—1682)，宜兴(今江苏宜兴)人，字其年，号迦陵。受家庭熏陶，陈维崧天资聪颖，早岁能文。他一生有多方面成就，散文、古近体诗、骈文皆有名，尤以词工，与朱彝尊齐名。有《陈迦陵文集》《湖海楼诗集》《迦陵词》等。

沁园春·送友入山采茶

十里溪山，竹粉缨峦[①]，兰风藻川。有蒙茸萝葛[②]，蔽亏曦月[③]，坦迤涧壑[④]，向背林泉。夕渡遄归[⑤]，晨渔缓出，谷唱潭吟韵邈绵[⑥]。居此者，是秦时毛女，汉代琴仙[⑦]。

人家四月开园，送君去，刚逢谷雨天。恰晴村绿崦，数间僧灶，清江翠箬，一带商船。拍处盈盈，焙余冉冉，归卧回廊瘦石边。松涛沸，正龙团乍碾，蟹眼初煎。

①竹粉：笋壳脱落时附着在竹节旁的白色粉末。缨：缠绕。　②蒙茸：杂乱的样子。萝

葛：指攀藤类植物。 ③蔽亏：因遮蔽而半隐半现。曦月：日月。 ④坦迤：山势平缓而连绵不断。 ⑤遄(chuán)：迅速。 ⑥邈绵：连绵。 ⑦秦时毛女，汉代琴仙：传说中的仙人。见刘向《神仙传》。

释超全

释超全(1627—1712)，同安(今属福建厦门)人，俗姓阮，名旻锡，字畴生，号梦庵。明世袭次千户，诸生，曾师事曾樱，传习理学。明亡，为郑成功部属，参加抗清斗争。后入武夷山为僧，自称轮山遗衲。有《海上见闻录》《幔亭游诗文》。

武夷茶歌

建州团茶始丁谓①，贡小龙团君谟制②。元丰敕献密云龙，品比小团更为贵③。元人特设御茶园，山民终岁修贡事。明兴茶贡永革除④，玉食岂为遐方累⑤。相传老人初献茶，死为山神享庙祀⑥。景泰年间茶久荒，喊山岁犹供祭费⑦。输官茶购自他山⑧，郭公青螺除其弊⑨。嗣后岩茶亦渐生，山中借此少为利。往年荐新苦黄冠，遍采春芽三日内。搜尽深山粟粒空，管令禁绝民蒙惠。种茶辛苦甚种田，耘锄采摘与烘焙。谷雨届期处处忙，两旬昼夜眠餐废。道人山客资为粮，春作秋成如望岁。凡茶之产准地利，溪北地厚溪南次⑩。平洲浅渚土膏轻，幽谷高崖烟雨腻。凡茶之候视天时⑪，最喜天晴北风吹。苦遭阴雨风南来，色香顿减淡无味。近时制法重清漳⑫，漳芽漳片标名异。如梅斯馥兰斯馨，大抵焙时候香气。鼎中笼上炉火温，心闲手敏工夫细⑬。岩阿宋树无多丛⑭，雀舌吐红霜叶醉⑮。终朝采采不盈掬，漳人好事自珍秘。积雨山楼苦昼间，一宵茶话留千载。重烹山茗沃枯肠，雨声杂沓松涛沸。

①丁谓：字谓之，长洲(今江苏苏州)人。咸平中，任福建路漕使，创龙凤团茶充贡。撰《北苑茶录》录其团焙之数，图绘器具，及叙采制入贡法式。 ②君谟：即蔡襄。 ③元丰敕献密云龙，品比小团更为贵：熊蕃《宣和北苑贡茶录》："自小团出，而龙凤遂为次矣。元丰间，有旨造密云龙，其品又加于小团之上。" ④明兴茶贡永革除：指朱元璋罢造团茶之事。《明史》："其上贡茶，天下贡额四千有奇，福建建宁所贡最为上品，有探春、先春、次春、紫笋及荐新等号。旧皆采而碾之，压以银板，为大小龙团。太祖以其劳民，罢造，惟令采芽茶以进，复上供户五百家。" ⑤遐方：即远方。 ⑥相传老人初献茶，死为山神享庙祀：郭子章《豫章诗

话》:"考丁谓贡茶之始,建州一老人献此山茶。老人死,遂以为山神。由宋元入明,每岁府官先祭老人,然后采茶。" ⑦景泰年间茶久荒,喊山岁犹供祭费:《豫章诗话》:"我明景泰以后,山不产茶。山下茶户百余家岁出百金易延平茶以贡,而老人之祭如故。" ⑧输官茶购自他山:见上条。 ⑨郭公青螺除其弊:郭青螺,即郭子章。万历二年(1574)四月,时任建宁府推官兼摄延平府事的郭子章上书两院蠲免建安北苑茶税。郭子章《豫章诗话》:"比予司理建州时,茶户止二十余家,赔金如故。予悯之,以闻于两院。乃以百金分派建安一县,毁老人庙而革其祭,茶户始舒。顷之,里人锄田得一残碑,诗云'凤山宛转青螺晓'。数百年之弊始之自丁谓,至予始革,此诗殆谶邪?" ⑩溪北地厚溪南次:溪,指九曲溪。蓝陈《武夷纪要》:"诸山皆有,溪北为上,溪南次之,洲园为下。而溪北惟接笋峰、鼓子岩、金井坑者为尤佳。" ⑪凡茶之候视天时:董天工《武夷山志》:"种处宜日宜风,而畏多风。日多则茶不嫩。采时宜晴不宜雨,雨则香味减。" ⑫清漳:即漳州。后文之"漳芽""漳片"盖指以漳州制法制作的茶。 ⑬心闲手敏工夫细:指制茶手法精细。王复礼《茶说》:"茶采而摊,摊而摝,香气发越即炒,过时不及皆不可。既炒既焙,复拣去其中老叶枝蒂,使之一色。释超全诗云:'如梅斯馥兰斯馨,心闲手敏工夫细。'形容殆尽矣。" ⑭岩阿:山的曲折处。宋树:武夷名丛。《武夷山志》:"若夫宋树,尤为希有。" ⑮雀舌:武夷名丛。《武夷山志》:"至于莲子心、白毫、紫毫、雀舌,皆外山洲茶初出嫩芽为之,虽以细为佳,而味实浅薄。"

安溪茶歌

安溪之山郁嵯峨,其阴长湿生丛茶。居人清明采嫩叶,为价甚贱供万家①。迩来武夷漳人制②,紫白二毫粟粒芽。西洋番舶岁来买,王钱不论凭官牙③。溪茶遂仿岩茶样,先炒后焙不争差。真伪混杂人瞆瞆④,世道如此良可嗟。吾哀肺病日增加,蔗浆茗饮当餐霞⑤。仙山道人久不至,井坑香涧路途赊。江天极目浮云遮,且向闲园扫落花,无暇为君辨正邪。

①为价甚贱供万家:嘉靖《安溪县志》载:"安溪茶产常乐、崇善等里,货卖甚多。" ②迩来武夷漳人制:《武夷茶歌》:"近时制法重清漳,漳芽漳片标名异。" ③牙:牙行、牙商,介绍买卖的中间人。 ④瞆瞆:看不清的样子。 ⑤餐霞:以霞为餐,指修道成仙的方式。

朱彝尊

朱彝尊(1629—1709),秀水(今浙江嘉兴)人,字锡鬯,号竹垞。康熙十八年(1679)举博学鸿词科,曾参加纂修明史。博通经史,擅长诗词古文,为浙派词的创始者。诗与王士禛齐名,称"南北两大宗"。词与陈维崧并驾,合称"朱陈"。作品清峭而好用僻典。有《经义考》《日下旧闻》《曝书亭集》《明诗综》《词综》等。

御茶园歌

御茶园在武夷第四曲①,元于此创焙局、安茶槽。

五亭参差一井洌②,中央台殿结构牢③。每当启蛰百夫山下喊,摐金伐鼓声喧嘈④。岁签二百五十户⑤,须知一路皆驿骚⑥。山灵丁此亦太苦⑦,又岂有意贪牲醪⑧。封题贡入紫檀殿⑨,角盘瘿枕怯薛操⑩。小团硬饼捣为雪,牛湩马乳倾成膏⑪。君臣第取一时快,讵知山农摘此田不毛。先春一闻省帖下,樵丁荛竖纷逋逃⑫。入明官场始尽革⑬,厚利特许民搜掏。残碑断臼满林麓,西皋茅屋连东皋。自来物性各有殊,佳者必先占地高。云窝竹窠擅绝品⑭,其居大抵皆岩嶅⑮。兹园卑下乃在隰⑯,安得奇茗生周遭。但令废置无足惜,留待过客闲游遨。古人试茶昧方法,椎钤罗磨何其劳⑰。误疑爽味碾乃出,真气已耗若醴餔其糟⑱。沙溪松黄建蜡面,楚蜀投以姜盐熬。杂之沉脑尤可憾⑲,陆羽见此笑且咷⑳。前丁后蔡虽著录,未免得失存讥褒。我今携鎗石上坐㉑,箬笼一一解绳绦。冰芽雨甲恣品第㉒,务与粟粒分锱毫㉓。

①御茶园:在九曲溪四曲,又名茶场。详见董天工《武夷山志》卷九下。 ②五亭:思敬亭、焙芳亭、燕嘉亭、宜寂亭、浮光亭。井:通仙井。 ③中央台殿:仁风门、拜发殿、清神堂。④摐金伐鼓:摐(chuāng),敲打。金、鼓皆为打击乐器。摐金伐鼓是对喊山祭祀的描写。⑤岁签二百五十户:《武夷山志》卷九下:"元至元十六年,浙江行省平章高兴过武夷,制石乳数斤入献。十九年,乃令县官莅之,岁贡茶二十斤,采摘户凡八十。……后岁额浸广,增户至二百五十,茶三百六十斤,制龙团五千饼。" ⑥驿骚:扰动,骚乱。 ⑦丁:遭遇。 ⑧牲醪:指祭祀用的牺牲和甜酒。 ⑨紫檀殿:元代皇宫中有以紫檀木建造的"紫檀殿"。此处代指宫廷。 ⑩角盘瘿枕:兽角做的盘子、瘿木做的枕头,形容器物的珍贵。怯薛:蒙古语番直宿卫之意。怯薛军系成吉思汗时设置的护卫军,既随从征战,又分班服役。 ⑪牛湩马乳:牛马奶。 ⑫荛(ráo)竖:采柴草的人。荛竖即刈草打柴的童子。 ⑬入明官场始尽革:指朱元璋罢造团茶之事。 ⑭云窝、竹窠:皆武夷山胜景,今为武夷山核心茶区。 ⑮岩嶅(áo):山多小石。 ⑯隰(xí):低湿的地方。 ⑰椎钤罗磨:砧椎用以碎茶,茶钤用以炙茶,茶罗用以筛茶,茶磨用以碾茶,见蔡襄《茶录》。 ⑱醴餔(bū)其糟:同"餔糟歠醨",指吃酒渣,喝剩酒。出《楚辞·屈原·渔父》:"众人皆醉,何不餔其糟而歠其醨?" ⑲沉脑:沉香、龙脑香,皆香料。 ⑳咷(táo):放声痛哭。陆羽笑且咷的原因在于他并不推崇其时流行的、掺杂诸物

的罨茶法。陆羽《茶经》:“或用葱、姜、枣、橘皮、茱萸、薄荷之等,煮之百沸,或扬令滑,或煮去沫。斯沟渠间废水耳,而习俗不已。” ㉑鎗(chēng):鼎。 ㉒冰芽雨甲:冰芽,建茶名。宣和二年(1120),郑可简创银线水芽。亦有称冰芽者,如许次纾《茶疏》、张谦德《茶经》、刘源长《茶史》。雨甲,或为茶名。汪筠《尝新茶》:“一瓯嫩绿浮相细,雨甲冰芽次第开。耐得个中风味苦,可知舌本有甘回。” ㉓锱毫:细微。

陈恭尹

陈恭尹(1631—1700),顺德(今广东顺德)人,字元孝,号半峰,晚号独漉山人。与屈大均、梁佩兰并称“岭南三大家”,又与程可则、梁佩兰、王邦畿、方殿元、方还、方朝并称“岭南七子”。有《独漉堂集》。

新安罗廷锡见访五羊翌日拜茗碗春茶之惠率尔赋谢[①]

高轩何幸此相寻[②],浊世翩翩得所钦。霄汉长风当羽翼[③],黄山秋色落胸襟。贫无几席堪留客,老历艰虞未废吟[④]。茗碗春芽持赠我,澹交如水见君心[⑤]。

①新安:今深圳。罗廷锡:汪士铉妻弟,罗浮山之叔。见陈恭尹《次韵答罗浮山因柬其久汪栗亭其叔罗廷锡》。五羊:五羊城、羊城,广州之别称。 ②高轩:高车,贵显者所乘。相寻:寻访。 ③霄汉:天空。 ④艰虞:艰难忧患。 ⑤澹交如水:君子之交淡如水。

王士禛

王士禛(1634—1711),新城(今山东桓台)人,字子真,一字贻上,号阮亭,又号渔洋山人。顺治十五年(1658)进士,累官刑部尚书。谥文简。论诗主“神韵说”,以清淡闲远的风神韵致为诗歌的最高境界,为一代诗宗,与朱彝尊并称“朱王”。善古文,兼工词,然皆为诗名所掩。著述甚丰,有《带经堂集》《渔洋诗集》《渔洋山人精华录》《居易录》《池北偶谈》等。

陈其年简讨见和绿雪之作,复遗岕茶一器索赋①

敬亭如静女,姽婳有余态②。洞山如道流③,吐纳成沆瀣④。阳羡连故鄣⑤,尻脽相负戴⑥。地灵草木异,云雾凝叆叇⑦。尤重罗嶰名⑧,超轶绝流辈。山气夕阳佳⑨,风露非灌溉。昨赋绿雪诗⑩,莽卤乏清裁。名流递赓唱⑪,粲若珠百琲⑫。髯也实致师⑬,拔戟成一队⑭。白甀题红签⑮,细君自蒸焙⑯。朝来肯送似,秀色染眉黛。下帘候鱼目,芳瓷露蟾背⑰。虽复遭水厄,颇亦浇垒块⑱。茶声正瑽琤,竹影交琐碎。诗成遣长须,聊作三舍退。君当贾余勇,吾衰鼓已再。

①陈其年:即陈维崧。简讨:本作检讨,明代翰林院史官名。绿雪:即敬亭绿雪茶,产今安徽宣城敬亭山。施闰章曾赠王士禛敬亭绿雪茶,王士禛谢以《谢愚山寄敬亭茶著书墨四首》诗。陈维崧见此,亦作《阮亭先生有谢愚山侍读赠绿雪茶诗,翼日余亦赠先生岕茗一器侑此作,并索先生再和》。岕茶:产今浙江长兴境内罗岕山,故名。 ②姽婳(guǐ huà):娴静美好的样子。 ③道流:道士之辈。 ④吐纳:即呼吸吐纳,为道家养生术之一。沆瀣(hàng xiè):夜间的水气,露水。旧谓仙人所饮。此处形容洞山云雾弥漫、水气丰沛。 ⑤故鄣:古郡名。秦置,汉称故鄣,属丹阳郡。在今浙江长兴西南。 ⑥尻脽(kāo shuí):臀部。 ⑦叆叇(ài dài):云多而昏暗的样子。 ⑧罗嶰:即罗岕。《岕茶汇钞》:"环长兴境产茶者曰罗嶰,曰白岩,曰乌瞻,曰青东,曰顾渚,曰篠浦,不可指数,独罗嶰最胜。" ⑨夕阳佳:夕阳,指山的西面。自注:岕中茶,夕阳胜朝阳。 ⑩绿雪诗:即王士禛《愚山侍讲送敬亭茶》一诗。 ⑪赓唱:以诗歌相赠答。 ⑫琲(bèi):成串的珠子。 ⑬致师:挑战。此处指和人诗作时应注意押韵。《仕学规范》:鲁直云:"凡和人诗,押韵如待敌。如此然后押韵方工。" ⑭拔戟成一队:自成一队,独当一面,比喻别具一格。 ⑮甀(zhuì):坛子。王士禛《谢愚山寄敬亭茶著书墨四首·其二》有"白甀亲题记社前,红囊开罢瀹清泉"之句。 ⑯细君:指妻子。蒸焙:岕茶叶老,多用蒸,不用炒。许次纾《茶疏》:"岕之茶不炒,甑中蒸熟,然后烘焙。缘其摘迟,枝叶微老,炒亦不能使软,徒枯碎耳。" ⑰蟾背:茶叶别称。 ⑱垒块:谓心中郁结的不平之气。

董元恺

董元恺(1638—1687),武进(今江苏常州)人,字舜民,号子康。顺治十七年(1660)举人,次年即因江南奏销案被黜。因遭此打击，遂漫游四方。晚年远游归里，足迹常在阳羡山水间。诗近陈维崧，论者以为其词乃阳羡派词风之一翼。有《苍梧词》。

麦秀两岐・罗岕焙茶

罗岕旗枪别。庙后奇芬绝①。趁晴天，齐采撷②。仙掌兰苕折。携来轻篓枝和叶。异香清冽。

细入筠盘列。拍向斑笼爇③。火初红，泉新汲。焙就春风隔。制成玉乳光莹洁。金茎消渴④。

①庙后：岕茶产地。《岕茶汇钞》："产茶处，山之夕阳，胜于朝阳。庙后山西向，故称佳；总不如洞山南向，受阳气特专，足称仙品。" ②趁晴天，齐采撷：《岕茶汇钞》："岕茶雨前精神未足，夏后则梗叶太粗，然以细嫩为妙。须当交夏时，时看风日晴和，月露初收，亲自监采入篮。" ③爇（ruò）：烧。 ④金茎：指承露盘或盘中的露，此处指茶汤。

严虞惇

严虞惇（1650—1713），常熟（今江苏常熟）人，字宝成，号思庵。幼能背诵九经三史。康熙三十六年（1697）廷对第二，授编修。因子侄涉嫌科场之弊，降级闲居数年。后起为大理寺寺丞，官至太仆寺少卿。有《读诗质疑》《严太仆集》等。

题《试茶图》

谷雨新晴采露芽，清泉活火试瓯华。十年樱笋江南梦①，最爱苕溪隐士家②。

①樱笋：樱桃和春笋。蔡羽《由南峰入天池》："春日绮罗偏映水，江南樱笋自成林。" ②苕溪隐士：陆羽曾于上元初年隐居湖州苕溪。

查慎行

查慎行（1650—1727），海宁（今浙江海宁）人，初名嗣琏，字夏重，后改名慎行，字悔余，号他山，又号初白老人。少学文于黄宗羲，受诗法于钱澄之。康熙四十二年(1702)赐进士出身，授编修。诗宗苏轼、陆游。有《敬业堂诗集》《敬业堂诗续集》《苏诗补注》等。

武夷采茶词

荔支花落别南乡[1]，龙眼花开过建阳[2]。行近澜沧东渡口[3]，满山晴日焙茶香。时节初过谷雨天，家家小灶起新烟。山中一月闲人少，不种沙田种石田。绝品从来不在多，阴崖毕竟胜阳坡。黄冠问我重来意[4]，拄杖寻僧到竹窠[5]。手摘都篮漫自夸，曾蒙八饼赐天家[6]。酒狂去后诗名在，留与山人唱采茶。

①荔支即荔枝。南乡：在今福建建瓯，宋设龙焙监于此。《太平寰宇记》："龙焙监，建州建安县南乡秦溪里地，……至太平兴国二年升为龙焙监，凡管七场。" ②建阳：今福建建阳。③澜沧：兰汤渡。在武夷山一曲。 ④黄冠：道士。 ⑤竹窠：《武夷山志》作翠竹窠，又名白鹤窠，俗呼江南竹窠，在三仰峰北麓。自注：山茶产竹窠者为上。僧家所制远胜道家。⑥八饼：欧阳修《归田录》："茶之品，莫贵于龙凤，谓之团茶，凡八饼重一斤。"苏轼《七月九日自广陵召还复馆于浴室东堂八年六月乞会稽将去汶公乞诗乃复用前韵》："上人问我迟留意，待赐头纲八饼茶。"并注："尚书、学士得赐头纲龙茶一斤八饼，今年纲到最迟。"

缪 沅

缪沅(1672—1730)，泰州(今江苏泰州)人，字澧南，号湘芷。康熙四十八年(1709)进士，授翰林院编修，擢内阁学士，官至刑部侍郎。他的诗主要写山水景色，以清淡闲远的风神韵致描绘空灵的境界，抒发闲情逸致。有《余园诗钞》。

惠山第二泉试武彝茶歌用商丘先生韵[1]

寒泉九曲梦未到，瑞草一束丛生岩。气苍味厚色转朴，雪烦驱滞心为忺[2]。庙山罗岕苦柔媚[3]，配此风格方相兼。闽僧前时裹寄我，日夕蒸焙夸茅檐。行缠南溯不忍弃[4]，驱屐白碰标红签[5]。竭来试茶山水窟[6]，獠奴翦叶劳包缄[7]。松响飕飗风鼓浪[8]，泉音琤琮水拂帘。云垂绿脚渗遥碧，香浮翠乳凝空岚[9]。泉清石白正映发，夫岂尤物横碱砭[10]。从来万事尚标格[11]，咀嚼至味无人探。斯水煮茶合第一，虚评浪语空议谗[12]。是时山空岩骨露，一尘不动含晶盐。余甘漱齿喉吻润，恍在武曲搊吟髯⑬。胸中腥腐涤欲尽，茗柯妙理搜从谈⑭。

①商丘先生：即宋荦。 ②忺（xiān）：高兴、快乐。 ③庙山罗岕：疑即庙后罗岕。《岕茶汇钞》："环嶰境十里而遥，为嶰者亦不可指数。嶰而曰岕，两山之介也。罗氏居之，在小秦王庙后，所以称庙后罗岕也。" ④行缠：绑腿布。 ⑤白硾标红签：王士禛《陈其年简讨见和绿雪之作，复遗岕茶一器索赋》："白甄题红签，细君自蒸焙。" ⑥曷（hé）：通"曷"，何。山水窟：风景秀丽之处。 ⑦獠奴：泛指家奴。 ⑧飕飗（sōu liú）：与下句"琤琮"皆为拟声词。⑨云垂绿脚、香浮翠乳：吴淑《茶赋》："夫其涤烦疗渴，换骨轻身，茶荈之利，其功若神。则有渠江薄片，西山白露，云垂绿脚，香浮碧乳。" ⑩碱砭：即针砭。一种以石针刺经脉穴道的治疗方法。比喻指出错误。 ⑪标格：规范、模范。 ⑫浪语：妄言、妄说。 ⑬武曲：武曲星，掌管军事。 ⑭从谈：若干性质相同或相近的文字合成的书。

爱新觉罗·弘历

爱新觉罗·弘历（1711—1799），年号乾隆，庙号高宗。执政期间励精图治，主持编成《明史》《四库全书》等书。有《御制诗》《乐善堂全集》等。

冬夜煎茶

清夜迢迢星耿耿，银檠明灭兰膏冷①。更深何物可浇书②，不用香醅用苦茗③。建城杂进土贡茶④，一一有味须自领。就中武夷品最佳，气味清和兼骨鲠⑤。葵花玉銙旧标名⑥，接笋峰头发新颖⑦。灯前手擘小龙团，磊落更觉光炯炯⑧。水递无劳待六一⑨，汲取阶前清渫井⑩。阿童火候不深谙，自焚竹枝烹石鼎。蟹眼鱼眼次第过，松花欲作还有顷。定州花瓷浸芳绿，细啜慢饮心自省。清香至味本天然，咀嚼回甘趣逾永。坡翁品题七字工，汲黯少戆宽饶猛⑪。饮罢长歌逸兴豪⑫，举首窗前月移影。

①檠（qíng）：烛台。借指灯火。兰膏：以兰脂炼成的香膏，可作燃灯之用。 ②浇书：指晨饮。爱新觉罗·弘历《秋季御园即景杂咏》："大邑瓷瓶宜供菊，小团凤茗当浇书。" ③醅（pēi）：没有过滤的酒。此处泛指酒。 ④建城：建宁府。 ⑤骨鲠：比喻个性正直、刚健。这里指茶性。苏轼《和钱安道寄惠建茶》："其间绝品岂不佳，张禹纵贤非骨鲠。" ⑥葵

花玉铐:指北苑贡茶,熊蕃《宣和北苑贡茶录》有蜀葵、贡新铐等名目。 ⑦接笋峰:在九曲溪第五曲处。 ⑧磊落:众多的样子。《和钱安道寄惠建茶》:"谁知使者来自西,开缄磊落收百饼。嗅香嚼味本非别,透纸自觉光炯炯。" ⑨六一:六一泉,可见刘源长《茶史·名泉》"丰乐泉"条。 ⑩清渫(xiè):清澄。 ⑪汲黯少戆宽饶猛:即苏轼《和钱安道寄惠建茶》:"纵复苦硬终可录,汲黯少戆宽饶猛"。汲黯、盖宽饶皆为汉时名臣,刚直不阿。此处借二人故事比喻武夷茶"骨鲠"之性。 ⑫逸兴:超逸豪放的意兴。

三清茶

以雪水沃梅花、松实、佛手啜之,名曰三清。

梅花色不妖,佛手香且洁。松实味芳腴,三品殊清绝。烹以折脚铛①,沃之承筐雪。火候辨鱼蟹,鼎烟迭生灭。越瓯泼仙乳,毡庐适禅悦。五缊净大半②,可悟不可说。馥馥兜罗递③,活活云浆澈。偓佺遗可餐④,林逋赏时别⑤。懒举赵州案⑥,颇笑玉川谲⑦。寒宵听行漏⑧,古月看悬玦⑨。软饱趁几余⑩,敲吟兴无竭。

①折脚铛:无足的铛。 ②五蕴:佛教用语。佛教称构成人或其他众生的五种成分为五蕴,即色蕴、受蕴、想蕴、行蕴、识蕴。 ③兜罗:梵语 tūla,即绵。此处代指水雾气。 ④偓佺:传说中的仙人。《神仙传》载:偓佺曾以松子遗尧。"偓佺遗可餐"亦即方外之遇。 ⑤林

(清)佚名:柳荫品茶图(局部)

逋:宋时人。性恬淡好古,隐居西湖孤山,终身不仕不娶,以植梅养鹤为乐,人称"梅妻鹤子"。⑥赵州案:指唐代高僧从谂,曾住持于赵州(今河北省赵县)观音院,有"吃茶去"公案。⑦玉川谲(jué):指卢仝多变、离奇古怪的文体。 ⑧行漏:原指古代计时的漏壶,此处指漏壶滴水声。 ⑨玦:环形而有缺口的玉器。 ⑩软饱:饮酒、饮茶。

雪水茶

山中雪水煮三清①,大邑瓷瓯入手轻水以最轻者为佳。此处水较京都玉泉为重,惟雪水比玉泉犹轻云。屏去姜盐嫌杂和②,招来风月试闲评。适添今夕灯前趣,宛忆当年霁后程③。只有一端差觉逊,三希即景对时晴④。

①三清:见《三清茶》诗序。 ②屏:同"摒"。 ③宛忆当年霁后程:自注:丙寅秋巡五台。时回程至定兴,遇雪。曾于毡帐中有烹《三清茶》之作。 ④三希即景对时晴:三希堂,为乾隆书房。藏有王羲之《快雪时晴帖》、王献之《中秋帖》、王珣《伯远帖》。诗中"时晴"即《快雪时晴帖》。

坐龙井上烹茶偶成

龙井新茶龙井泉,一家风味称烹煎①。寸芽生自烂石上②,时节焙成谷雨前③。何必凤团夸御茗,聊因雀舌润心莲④。呼之欲出辨才在⑤,笑我依然文字禅⑥。

①称:适合。 ②寸芽生自烂石上:陆羽《茶经》:"其地,上者生烂石,中者生砾壤,下者生黄土。" ③时节焙成谷雨前:《西清笔记》:"龙井新茶向以谷雨前为贵,今则于清明节前采者入贡为头纲。" ④心莲:佛教用语。在显教中,喻称众生自性心之清净为心莲。 ⑤辨才:佛教用语,即宣讲佛法之才。 ⑥文字禅:以语言文字来阐述历代禅门祖师机语的说禅方式。

雪水烹茶

越瓯真漉雪,惠鼎胜烹泉。华液三焦润①,芳腴五蕴湔②。何殊炼水碧③,坐可证金仙④。陶谷独余笑,事同人未然⑤。

①三焦:中医名词,上、中、下焦的合称。上焦统心肺之气,中焦统脾胃之气,下焦统肝肾

之气。　②湔(jiān):洗涤。　③水碧:水玉,即水晶。弘历《拟古诗三十首·郭景纯璞》:“是中炼水碧,羽化定可必。”　④金仙:指佛,亦指道教神仙。　⑤陶谷独余笑,事同人未然:《类苑》载:“学士陶谷得党太尉家姬,取雪水烹团茶以饮,谓姬曰:‘党家应不识此?’姬曰:‘彼粗人安得有此,但能于销金帐中浅斟低唱,饮羊膏儿酒耳。’陶深愧其言。”

郑宅茶

榴枕桃笙午昼赊[①],红兰香细透窗纱[②]。梦回石鼎松风沸,先试冰瓯郑宅茶[③]。

①榴枕:榴即瘤。榴枕,以树木瘿瘤制成的枕头。桃笙:笙,即簟,竹席。桃笙,以桃枝竹编成的席。　②红兰:或指兰花的一种,或指香料植物。《述异记》:紫述香一名红兰香,一名金桂香,亦名麝香草。出苍梧、桂林二郡界。今吴中有麝香草似红兰而甚芳香。　③郑宅茶:乾隆《仙游县志》载:“茶有数种,惟郑宅为最,而出于九座山、九鲤湖者亦佳。”又载:“郑宅茶以别致推重骚坛。烹之,水色仍白,香气四溢。当时古树剩一二株而已,其传送海内者,类取仙产茶依郑宅所制,然色香犹远胜他处。采摘之烦、制造之功,劳费不少。”

曹雪芹

曹雪芹(1715—1763?),名霑,字梦阮,号雪芹、芹圃、芹溪。出身“百年望族”,从曾祖父起三代世袭江宁织造一职达六十年之久。后父因事被革职抄家,饱尝辛酸。诗词曲兼擅。有《红楼梦》。

红楼梦(节选)

第四十一回　栊翠庵茶品梅花雪

当下贾母等吃过茶,又带了刘姥姥至栊翠庵来。妙玉忙接了进去。至院中见花木繁盛,贾母笑道:“到底是他们修行的人,没事常常修理,比别处越发好看。”一面说,一面便往东禅堂来。妙玉笑往里让,贾母道:“我们才都吃了酒肉,你这里头有菩萨,冲了罪过。我们这里坐坐,把你的好茶拿来,我们吃一杯就去了。”妙玉听了,忙去烹了茶来。宝玉留神看他是怎么行事。只见妙玉亲自捧了一个海棠花式雕漆填金云龙献寿的小茶盘,里面放一个成窑五彩小盖钟[①],捧与贾母。贾母道:“我不吃六安茶[②]。”妙玉笑说:“知道。这是老君眉[③]。”贾母接了,又问是什么水。妙玉笑回“是旧年蠲的雨水[4]。”贾母便吃了半盏,便笑着递与刘姥姥说:“你尝尝这个茶。”刘姥姥便一口吃尽,笑道:“好是好,就是淡些,再熬浓些更好了。”贾母众人都笑起来。然后众人都是一色官窑脱胎填白盖碗。

那妙玉便把宝钗和黛玉的衣襟一拉,二人随他出去,宝玉悄悄的随后跟了来。只见妙玉让他二人在耳房内,宝钗坐在榻上,黛玉便坐在妙玉的蒲团上。妙玉自向风炉上扇滚了水,另泡一壶茶。宝玉便走了进来,笑道:“偏你们吃梯己茶呢。”二人都笑道:“你又赶了来蹭茶吃[5]。这里并没你的。”妙玉刚要去取杯,只见道婆收了上面的茶盏来。妙玉忙命:“将那成窑的茶杯别收了,搁在外头去罢。”宝玉会意,知为刘姥姥吃了,他嫌脏不要了。又见妙玉另拿出两只杯来。一个旁边有一耳,杯上镌着“𤩽爮斝”三个隶字[6],后有一行小真字是“晋王恺珍玩”[7],又有“宋元丰五年四月眉山苏轼见于秘府”一行小字。妙玉便斟了一斝,递与宝钗。那一只形似钵而小,也有三个垂珠篆字,镌着“点犀䀉”[8]。妙玉斟了一䀉与黛玉。仍将前番自己常日吃茶的那只绿玉斗来斟与宝玉。宝玉笑道:“常言‘世法平等’,他两个就用那样古玩奇珍,我就是个俗器了。”妙玉道:“这是俗器?不是我说狂话,只怕你家里未必找的出这么一个俗器来呢。”宝玉笑道:“俗说‘随乡入乡’,到了你这里,自然把那金玉珠宝一概贬为俗器了。”妙玉听如此说,十分欢喜,遂又寻出一只九曲十环,一百二十节,蟠虬整雕竹根的一个蟠虬海出来[9],笑道:“就剩了这一个,你可吃的了这一海?”宝玉喜的忙道:“吃的了。”妙玉笑道:“你虽吃的了,也没这些茶糟蹋。岂不闻‘一杯为品,二杯即是解渴的蠢物,三杯便是饮牛饮骡了’。你吃这一海便成什么?”说的宝钗、黛玉、宝玉都笑了。妙玉执壶,只向海内斟了约有一杯。宝玉细细吃了,果觉轻浮无比[10],赏赞不绝。妙玉正色道:“你这遭吃的茶是托他两个福,独你来了,我是不给你吃的。”宝玉笑道:“我深知道的,我也不领你的情,只谢他二人便是了。”妙玉听了,方说:“这话明白。”黛玉因问:“这也是旧年的雨水?”妙玉冷笑道:“你这么个人,竟是大俗人,连水也尝不出来。这是五年前我在玄墓蟠香寺住着,收的梅花上的雪,共得了那一鬼脸青的花瓮一瓮[11],总舍不得吃,埋在地下,今年夏天才开了。我只吃过一回,这是第二回了。你怎么尝不出来?隔年蠲的雨水那有这样轻浮,如何吃得。”黛玉知他天性怪僻,不好多话,亦不好多坐,吃完茶,便约着宝钗走了出来。

①成窑:明代成化年间官窑所出的瓷器。盖钟:有盖的杯子。钟同“盅”。 ②六安茶:产自安徽省六安市大别山一带,唐称“庐州六安茶”,为名茶;明始称“六安瓜片”,为上品、极品茶;清为朝廷贡茶。 ③老君眉:湖南洞庭湖的君山所产的毛尖茶。光绪《巴陵县志》卷七《舆地志·物产》:“巴陵君山产茶,嫩绿似莲心,岁以充贡。君山贡茶自国朝乾隆四十六年始,每岁贡十八斤,谷雨前知县遣人监山僧采制一旗一枪,白毛茸然,俗称白毛尖。”一说指产于武夷山一带的茶,郭柏苍《闽产录异》:“老君眉,叶长味郁,然多伪。” ④蠲(juān):积存。

⑤蹭(cèng):揩油沾光。 ⑥瓟瓟斝(bān páo jiǎ):瓟瓟都是葫芦类。斝,盛酒的器具。 ⑦王恺:晋代富豪。 ⑧点犀䀉(qiáo):犀牛角做成的饮器。䀉,碗类器皿。 ⑨蟠虬海:雕有盘曲的虬龙花纹图案的大杯。 ⑩轻浮:言茶味之美。 ⑪鬼脸青:一种釉色深青的瓷。

(清)孙温:贾宝玉品茶栊翠庵

袁 枚

袁枚(1716—1797),钱塘(今浙江杭州)人,字子才,号简斋、随园老人。乾隆四年(1739)进士。有诗名,与赵翼、蒋士铨并称"乾隆三大家"。论诗主张抒写性情,继明末"公安派"而持性灵说。其散文创作性灵独抒,不事雕饰,自然流畅,自成风格。有《小仓山房集》《随园诗话》《子不语》等。《随园食单》卷十四"武夷茶"条可作为此诗阅读背景参考。

试 茶

闽人种茶当种田,郄车而载盈万千①。我来竟入茶世界,意颇狎视心逌然②。道人作色夸茶好,磁壶袖出弹丸小③。一杯啜尽一杯添,笑杀饮人如饮鸟④。云此茶种石缝生,金蕾珠蘖殊其名⑤。雨淋日炙俱不到,几茎仙草含虚清。采之有时焙有诀,烹之有方饮有节。譬如曲蘖本寻常⑥,化人之酒不轻设。我震其名愈加意,细咽欲寻味外味⑦。杯中已竭香未消,舌上徐停甘果至。叹息人间至味存,但教卤莽便失真。卢仝七碗笼头吃,不是茶中解事人⑧。

①郄(xì)车：郄同“却”，意为车重不前，形容数量多。 ②狎视：轻蔑。逌(yōu)然：闲适自得。 ③弹丸：形容壶小。 ④饮人如饮鸟：茶器小巧，用此饮茶如鸟饮水。《随园食单》载：袁枚至武夷山，僧道献茶，其“杯小如胡桃，壶小如香橼，每斟无一两。” ⑤金蕾珠蘖(niè)：茶芽。范仲淹《和章岷从事斗茶歌》：“露芽错落一番荣，缀玉含珠散嘉树”。 ⑥曲蘖(niè)：酒曲。 ⑦味外味：袁枚《随园诗话》卷六：“司空表圣论诗，贵得味外味。余谓今之作诗者，味内味尚不能得，况味外味乎？”此处袁枚引申至饮茶感受。 ⑧解事人：通晓事理之人。

丁　丙

丁丙(1832—1899)，钱塘(今浙江杭州)人，字嘉鱼，别字松生，晚号松存。建嘉惠堂，收藏图书近二十万卷。为清代后期四大藏书家之一。辑有《武林掌故丛编》《武林往哲遗著》。

筠轩丈以雁山茶饷客①

雁山色如古鼎彝②，丹砂翡翠青瓜皮③。四十九盘云合离④，一百二峰烟芬菲。客儿游屐独见遗⑤，诺讵那至开初基⑥。沈记薛赋彰希微⑦，阁南北兮谷东西⑧。泉膏石髓蒸华滋⑨，五珍之产茶尤奇⑩。梅公诗句高品题⑪，阮家仙种是也非⑫。清明节过谷雨霏，新芽一枪还一旗。武火焙足文露晞⑬，瓶盛箬裹致远宜。铁翁得之笑解颐⑭，新年招集吟朋嬉。小小炉子涂红泥，雪余檐滴烹珠玑。蟹眼鱼眼声澌澌，恍疑瀑在龙湫飞⑮。煎成浅盏浮琉璃，色香味与阳羡齐。座中二老先忘机⑯，裹粮曾踏芙蓉溪⑰。重圆茶梦疏朝衣⑱，鲰生亦幸清诗脾⑲。所嗟互市来西夷⑳，茶纲岁入千朱提㉑。可怜军火无穷期，不抵防海一日糜。兹茶隐秀与世违，解渴不屑沦鲸鲵㉒。主人论敌有余凄，苦心茶味其庶几㉓。更期八尺支杖藜㉔，雁湖绝顶轻攀跻㉕。春茶采采归来兮㉖，延年益寿同丹荑㉗。

①筠轩丈：吴兆麟，钱塘(今属浙江杭州)人，字书瑞，号筠轩。道光壬辰(1832)举人，历官江西盐法道。丈为对老年男子的尊称。 雁山：雁荡山，在今浙江温州。 ②鼎彝：皆古代宗庙中的青铜祭器。 ③丹砂：即朱砂，矿物名，色深红。 ④四十九盘：《明一统志》载：“丹芳岭，在乐清东八十里。自此入雁荡山，有四十九盘。” ⑤游屐：出游时穿的木屐，代指游踪。 ⑥诺讵那：或作诺距罗，即诺讵罗尊者、静坐罗汉，为佛教十六罗汉之一。传雁荡山大小龙湫为诺讵罗尊者道场。初基：刚开始奠定基业。 ⑦沈记薛赋：沈记，即沈括《梦溪笔

谈》所记雁荡山之事。薛赋，即薛季宣《雁荡山赋》。希微：指名声和形迹。　⑧阁南北兮谷东西：雁荡山有南、北阁山及东西二谷。　⑨泉膏石髓：甘泉和钟乳石。华滋：润泽。　⑩五珍：即雁山五珍，雁荡山所出五种珍贵物产：龙湫茶、观音竹、金星草、山乐官、香鱼。见冯时可《雨航杂录》。　⑪梅公诗句高品题：梅尧臣《颖公遗碧霄峰茗》："到山春已晚，何更有新茶？峰顶应多雨，天寒始发芽。采时林狖静，蒸处石泉嘉。持作衣囊秘，分来五柳家。"碧霄峰茗即产于雁荡山的碧霄峰。　⑫阮家仙种：阮家指东汉阮肇。另，汤显祖曾云"雁荡山种茶人多姓阮"。　⑬武火：旺盛的火，相对于文火。　⑭铁翁：即杨维桢，有《鬻茶梦》。⑮恍疑：仿佛。龙湫：即雁荡山胜景大小龙湫瀑布。　⑯忘机：没有巧诈的心思，与世无争。自注：辅之、黼堂二公亲游雁宕，话游娓娓。　⑰裹粮：即裹糇粮，携带熟食干粮，以备远行。⑱朝衣：君臣上朝时穿的礼服。　⑲鲰(zōu)生：文士自谦之词。　⑳互市：指民族或国家之间的贸易活动。　㉑茶纲：纲，即纲运。是唐宋时期运送大批货物的组织。因运送的物品不同而有不同称呼，如盐纲、粮纲。朱提：朱提山，在今云南省昭通市昭阳区境。盛产白银，世称朱提银。此处代指银两。　㉒鲸鲵：海盗。此处代指前文所说之西夷。　㉓庶几：相近、差不多。　㉔八尺：古时伟男子多身长八尺。代指男性。杖藜：拄着以藜木制成的手杖。㉕雁湖：即雁荡山顶湖泊。　㉖采采：茂盛的样子。《诗经》："蒹葭采采，白露未已。"　㉗丹荑：指初生的赤芝。《千金翼方》称久食赤芝可轻身不老，延年神仙。

丘逢甲

丘逢甲(1864—1912)，苗栗(今台湾苗栗)人，字仙根，号仓海，光绪十五年(1889)进士。因不愿为官，辞归故里，主讲于台湾衡文、罗山、崇文书院。有《岭云海日楼诗钞》《仓海先生丘逢甲诗选》等。

长句与晴皋索普洱茶[①]

滇南古佛国，草木有佛气。就中普洱茶，森冷可爱畏[②]。迩来入世多尘心，瘦权病可空苦吟[③]。乞君分惠茶数饼，活火煎之蘑卜林[④]。饮之纵未作诗佛[⑤]，定应一洗世俗筝琶音。不然不立文字亦一乐，千秋自抚无弦琴[⑥]。海山自高海水深，与君弹指一话去来今。

①晴皋：况仕任，广西人，举人出身。戊戌变法前，曾担任桂林《广仁报》编辑，与丘逢甲交善。　②森冷可爱畏：苏轼《和钱安道寄惠建茶》："森然可爱不可慢，骨清肉腻和且正。"

③瘦权、病可：即僧善权、祖可，皆宋时诗僧。陈善引苏轼“其清足以仙，其寒亦足以死”，形容两人文字太清寒。苦吟：反复吟咏，苦心推敲。 ④薝卜：梵语 Campaka 之音译。又译作瞻卜伽、旃波迦、瞻波等。佛经中记载的一种花，或指栀子花，或指黄玉兰，或指郁金香。 ⑤诗佛：唐代山水田园派代表人物王维笃信佛教，在诗歌创作中多引佛入诗，因有诗佛之僧。此处泛指在佛学上有一定造诣的诗人。 ⑥无弦琴：没有弦的琴。萧统《陶靖节传》：“渊明不解音律，而蓄无弦琴一张，每酒适，辄抚弄以寄其意。”形容怡然自得的生活态度。

金兆蕃

金兆蕃(1867—约 1938)，秀水(今浙江嘉兴)人，原名义襄，字篯孙，号药梦老人。光绪十五年(1889)举人。1919 年，北洋政府设立清史馆修清史，参与纂修。博学多闻，著有《安乐乡人诗》《药梦词》。晚年续编《槜李诗系》，与金蓉镜补刊《嘉禾征献录》。又与忻虞卿合编《槜李文系》，汇集嘉兴地区文献。

点绛唇·唐墓砖状四侍女，整鬟、斫脍、烹茶、涤器，致极精妍，分题四阕①(其三)

蟹眼生初，暗风吹送松声怒。吝分仙露。门掩棠梨暮②。
火候商量，兽炭频添取。娇无语。剩灰凝箸。可有残师芋③。

①鬟：古代妇女梳的环形发髻。斫脍：亦作“斫脍”，将鱼肉切成薄片。 ②棠梨：植物名。蔷薇科梨属，落叶亚乔木。 ③残师芋：见杨维桢《清苦先生传》注释⑧。

陆廷灿

陆廷灿，字扶照，又字幔亭。师于王士禛、宋荦，工于诗。以岁贡生入仕，康熙五十六年(1717 年)任崇安知县。履职崇安期间，以“产茶之地、煮茶之法古今多异，陆羽《茶经》虽古，法多不宜于今”，乃续著《茶经》，辑汇了大量茶文献。此外，更有《艺菊志》《南村随笔》等。

武夷茶

桑苎家传旧有经①,弹琴喜傍武夷君②。轻涛松下烹溪月,含露梅边煮岭云。醒睡功资宵判牒③,清神雅助昼论文。春雷催茁仙岩笋④,雀舌龙团取次分。

①桑苎:桑苎翁,陆羽的号。 ②武夷君:武夷山地官。传陆羽曾著《武夷山记》,载有武夷君幔亭设宴之事。见张君房《云笈七签》卷九十六。 ③牒:文书。 ④仙岩笋:或指茶叶。

曹庭枢

曹庭枢,嘉善(今浙江嘉兴)人,字六芗。有《谦斋诗稿》。

钱唐相国分饷上赐郑宅茶寄奉老母①

谷雨新晴后,头纲驿递初。绿挼双掌细②,香进一旗舒。玉盎梅花喷,银瓶薤叶储③。赐先黄阁老④,波及大君余⑤。竹里泉声沸,窗闲午睡徐。当筵思笋蕨,奉母忆篮舆⑥。旅食经年别⑦,平安数寄书。缄题将远问⑧,藉以慰门闾⑨。

①钱唐相国:即徐本。郑宅茶:见爱新觉罗・弘历《郑宅茶》注。 ②挼(ruó):搓揉。 ③薤(xiè):多年生草本植物。叶细长似韭,鳞茎及嫩叶可食。 ④黄阁:汉代丞相、太尉和汉以后的三公官署厅门涂黄色,故称黄阁。指代宰相。 ⑤大君:对他人父亲的尊称。 ⑥奉母忆篮舆:篮舆,即竹轿。《晋书》载:孙晷与父出行,每乘篮舆,必躬自扶持。奉母忆篮舆同此,言其尊亲孝亲。 ⑦旅食:客居、寄食。 ⑧缄题:指书信。 ⑨门闾:城门和里门,代指乡里、家庭。

田　榕

田榕,玉屏(今贵州玉屏侗族自治县)人,字端云,号南村。诗风趋向王士禛,有神韵派风采。曾注《渔洋山人精华录》,有《碧山堂诗钞》。

日铸茶歌呈杨大尹芄若①

越中茶品尚日铸②,稽山采摘谷雨前③。土人揉焙出新意,喷薄兰雪尘埃蠲④。品题不负六一语⑤,诗句亦入龟堂传⑥。封题白泥印赤印⑦,包裹青篛驰江船⑧。风炉石铫趣煎瀹,口未得到心先怜。鼓浪圆或疑蟹眼,翻匙大可如榆钱⑨。姜盐未敢加琐屑⑩,庖湢况不邻腥膻⑪。色香兼胜味亦绝,如劈比拟嗟何偏⑫。定州花磁琢红玉,一啜意气凌飞仙。垂杨踠地绿于染⑬,桃花照眼红欲然。凭君莫谩杀风景,更持清醑开琼筵⑭。

①大尹:对府县官的尊称。 ②越中茶品尚日铸:欧阳修《归田录》:"腊茶出于剑、建,草茶盛于两浙,两浙之品,日注为第一。"日注,即日铸。 ③稽山:即会稽山,在今浙江绍兴。④喷薄:散发、迸发。兰雪:茶名,见张岱《兰雪茶》。 ⑤六一:即欧阳修,欧阳修晚年自号六一居士。 ⑥龟堂:陆游晚年以"龟堂"名室,亦有诗作吟咏日铸茶。 ⑦白泥印赤印:刘禹锡《西山兰若试茶歌》:"何况蒙山顾渚春,白泥赤印走风尘。" ⑧青篛:亦作青箬,即箬竹的叶子。 ⑨榆钱:即榆荚。榆树的果实,外形如钱,故称为榆钱。 ⑩姜盐未敢加琐屑:陆羽《茶经》:"或用葱、姜、枣、橘皮、茱萸、薄荷之等,煮之百沸,或扬令滑,或煮去沫,斯沟渠间废水耳,而习俗不已。" ⑪庖湢况不邻腥膻:庖,厨房。湢(bì),浴室。陆羽《茶经》:"羶鼎腥瓯,非器也。" ⑫劈(jué):弄断物品。黄庭坚《煎茶赋》:"余尝为嗣直瀹茗,因录其涤烦破睡之功,为之甲乙。建溪如割,双井如挞,日铸如劈。其余苦则辛螫,甘则底滞,呕酸寒胃,令人失睡,亦未足与议。"此处用作味觉描述。 ⑬踠(wǎn):本意为身体屈曲,此处指杨柳垂地的样子。 ⑭琼筵:盛宴。清醑:清酒。

参考文献

曹慕樊、徐永年,《东坡选集》,成都:四川人民出版社,1987年。
陈祖椝、朱自振,《中国茶叶历史资料选辑》,北京:农业出版社,1981年。
关剑平,《茶与中国文化》,北京:人民出版社,2001年。
郭孟良,《中国茶史》,太原:山西古籍出版社,2003年。
廖宝秀,《历代茶器与茶事》,北京:故宫出版社,2017年。
刘昌明,《巴蜀茶文学史》,成都:四川大学出版社,2013年。
刘枫,《历代茶诗选注》,北京:中央文献出版社,2009年。
刘勤晋,《茶文化学》,北京:中国农业出版社,2000年。
刘勤晋、李远华、叶国盛,《茶经导读》,北京:中国农业出版社,2015年。
钱时霖、姚国坤、高菊儿,《历代茶诗集成》,上海:上海文化出版社,2016年。
裘纪平,《中国茶画》,杭州:浙江摄影出版社,2014年。
阮蔚蕉,《诗出有茗:福建茶诗品鉴》,福州:福建人民出版社,2014年。
沈冬梅、张荷、李涓,《茶馨艺文》,上海:上海人民出版社,2009年。
许嘉璐,《中国茶文献集成》,北京:文物出版社,2016年。
扬之水,《棔柿楼集·两宋茶事》,北京:人民美术出版社,2015年。
赵方任,《唐宋茶诗辑注》,北京:中国致公出版社,2001年。
郑培凯、朱自振,《中国历代茶书汇编校注本》,香港:商务印书馆,2007年。
朱自振,《茶史初探》,北京:中国农业出版社,1996年。
庄昭,《茶诗三百首》,广州:南方日报出版社,2003年。

后 记

自"中国茶文学"课开设以来，同学们常写诗作词，作为课堂的即兴创作和课后的作业，并在结课时汇集成册。现已有《诗看卷素裁》《榫卯集》《接笋并莲集》《青萍集》《森然可爱集》《竹下忘言集》《多芬集》《松风深处集》《清苦集》《寻芳集》等。同学们循着古人看茶的眼光，咏茶之有味，抒饮茶之感，在文学修辞与茶叶衡鉴间做了尝试。他们积极提出思考，推动了课程的成长。课程讲义在篇目、注释、体例等方面，也不断调整，日渐完善。特别感谢陈烨、黄巧敏、华杭萍、杨莹、张巧玲、杜茜雅、李菲、钟雨晴、容小清、罗予晴、云水鹤和刘欣岑等同学对教学与教材编写的帮助。

编　者

2020 年 1 月记于武夷学院味水轩

图书在版编目(CIP)数据

中国古代茶文学作品选读/叶国盛主编. —上海：复旦大学出版社，2020.5
(复旦卓越.应用型教材系列)
ISBN 978-7-309-14962-3

Ⅰ.①中…　Ⅱ.①叶…　Ⅲ.①中国文学-古典文学-文学欣赏-高等学校-教材　Ⅳ.①I206.2

中国版本图书馆 CIP 数据核字(2020)第 051850 号

中国古代茶文学作品选读
叶国盛　主编
责任编辑/谢同君

复旦大学出版社有限公司出版发行
上海市国权路 579 号　邮编：200433
网址：fupnet@fudanpress.com　http://www.fudanpress.com
门市零售：86-21-65102580　团体订购：86-21-65104505
外埠邮购：86-21-65642846　出版部电话：86-21-65642845
上海华业装潢印刷厂有限公司

开本 787×1092　1/16　印张 9.75　字数 194 千
2020 年 5 月第 1 版第 1 次印刷

ISBN 978-7-309-14962-3/I・1221
定价：40.00 元
